KB164789

곽재구의 포구기행

꿈꾸는
삶의 풍경이
열리는 곳

곽재구의

포구기행

해냄

『곽재구의 포구기행』이 간행된 지 16년 지났습니다.

동안 이 책은 독자들의 사랑을 듬뿍 받았습니다. 작은 포구의 트라이포트 위에 앉아 이 책을 읽는 이를 보았고 인도의 사원 숲 그늘에서 이 책을 읽는 이도 보았지요. 글쟁이의 눈에는 멀리서도 자신의 책이 눈에 띄기 마련이어서 나는 떨리는 가슴으로 다가가 책을 읽는 이에게 목례를 했습니다. 쑥스러워하며 웃는 내 모습을 보며 그들도 내게 목례를 했지요.

오랫동안 좋은 글에 대해 생각했지요. 해와 계절을 바꿔가며 혼을 다해 쓴 작품. 인간의 품위와 사랑의 향기가 지평선까지 펼쳐지는 작품. 그 작품을 읽으며 인간의 부끄러움과 식은땀을 느낄 수 있다면 그 글이 좋은 글이라고 생각했지요. 평생을 바쳐 쓴 자신의 작품 앞에서 부끄러움과 식은땀을 흘리는 이가 있다면 그가 좋은 작가라고도 생각했습니다. 그러니 이 부끄러움과 식은땀은 나의 영역이 아니었습니다. 혼을 바치지도 못했고 영혼의 순결함에 대해서는 더더욱 진창이었지요. 그런데 우연히 만난 이가 『곽재구의 포구기행』을 읽는 모습을 보면서 많이 부끄러웠고 등을 타고 내리는 식은땀을 느꼈지요.

처음으로 자신의 책을 읽는 이에 대한 생각을 할 수 있었습니다. 내가 써온 글의 졸렬함과 인간으로서의 어리석음과 품위 없음에 대해 생각했지요. 지금 쓰고 있는 글 속에 읽는 이에 대한 최소한의 예의를 갖추지 못한다면 그보다 큰 죄는 없을 거라고 생각했습니다. 생각해보세요. 어떤 이가 망고나무 가지 위에 앉아 자신의 책을 읽습니다. 대륙횡단 열차 여행을 하며 삼박 사일 동안 한 책을 읽는 이도 있습니다. 해 지는 쪽으로 터벅터벅 걸어가며 한 손에 든 책을 읽는 이도 있겠지요. 그들 생각하면 내가 쓸 글이 얼마나 부끄럽고 진지해져야 하는지 마음을 다듬게 됩니다.

포구기행을 하는 동안 포구의 모습은 내게 환생(還生)의 개념으로 다가왔습니다. 작은 배가 아침 햇살을 몸에 두르며 포구를 떠났다가 저녁 햇살 속으로 돌아오는 모습. 이 모습이 내게 불변의 아름다움으로 다가왔지요. 어느 날 밤이 깊어도 돌아오지 않는 작은 배가 있었습니다. 작은 배가 어디서 무엇을 하는지 아는 사람 없었지요. 모두들 그 배를 그리워했습니다. 어느 저녁 온몸에 달빛을 환히 받으며 포구로 돌아오는 작은 배를 꿈꿉니다. 그가 어디서 무엇을 하고 돌아올 것인지 부끄러움 속에 조금씩 조금씩 기록하고 싶습니다. 문득 한 줄기 식은땀도 찾아오지 않겠는지요.

2018년 12월
동천변 Kaffee A에서
곽재구

차례

1부 별똥 떨어진 곳 마음에 두었네

2부 절망한 것들이 날아오를 때

3부 길 위에서 추는 춤

※일러두기
· 본문에서 인용한 시 중 원작자를 별도로 표기하지 않은 것은 저자의 작품입니다.
· 인용문은 원문 표기를 따르는 것을 원칙으로 하였으나, 한시 등 일부 작품은 저자의 의도에 맞춰 매끄럽게 다듬은 것임을 밝힙니다.

별똥 떨어진 곳 마음에 두었네

겨울꽃 지고 봄꽃 찬란히 피어라

화진 가는 길

살다 보면 외로움이 깊어지는 시간이 있다. 불어오는 바람 한 줄기, 흔들리는 나뭇잎, 가로등의 어슴푸레한 불빛, 사랑하는 사람의 전화 목소리조차 마음의 물살 위에 파문을 일으킨다.

외로움이 깊어질 때 사람들은 그 외로움을 표현하는 자신만의 방식이 있다. 어떤 사람은 밤새워 술을 마시고 어떤 사람은 빈 술

병을 보며 운다. 지나간 시절의 유행가를 몽땅 끄집어내 부르는 사람이 있는가 하면, 오래전에 연락이 끊긴 이의 집에 전화를 걸어 혼곤히 잠든 그의 꿈을 흔들어놓기도 한다. 아예 길가의 전신주를 동무 삼아 밤새워 씨름하다 새벽녘에 한 움큼의 오물 덩이를 남기고 어디론가 떠나는 이도 있다.

내 친구 H는 외로울 때면 빵 봉지와 사과 상자를 들고 고아원과 양로원을 찾는 버릇이 있다. 실컷 사랑에 차있어야 할 시절, 따뜻한 보호를 받아야 할 사람들의 시린 그림자 앞에서 속울음을 참고 한나절을 보내면 외로움이 잡힌다고 했다.

포항 시외버스 터미널에서 구룡포행 버스를 타고 장기곶으로 가는 동안 길은 많이 쓸쓸했다. 마음의 풍경 탓이다. 나는 인생이 아름다운 것은 우리들 삶의 골목골목에 예정도 없이 찾아오는 외로움이 있기 때문이라고 믿는 사람이다. 외로울 때가 좋은 것이다. 물론 외로움이 찾아올 때 그것을 충분히 견뎌내며 사랑할 수 있는 사람은 드물다. 다들 아파하고 방황한다. 이 점 사랑이 찾아올 때와는 확연히 다르다. 사랑이 찾아올 때…… 그 순간을 생각하는 것만으로 사람들은 행복해진다. 길을 걷다 까닭 없이 웃고, 하늘을 보면 한없이 푸른빛에 가슴 설레고, 엘리베이터 안에서 만난 모르는 이에게도 '안녕' 하고 따뜻한 인사를 한다. 사랑이 찾아올 때, 사람들은 호젓이 기뻐하며 자신에게 찾아온 삶의 시간들을 충분히 의미 깊은 것으로 받아들인다.

외로움이 찾아올 때, 사실은 그 순간이 인생에 있어 사랑이 찾아올 때보다 더 귀한 시간이다. 쓴 외로움을 받아들이는 방식에 따라 한 인간의 삶의 깊이, 삶의 우아한 형상들이 결정되기 때문이다.

구룡포. 매번 느끼는 것이지만 이 항구는 정말 아름답다. 동해안의 맨 끝. 그래서 나라 안에서 해가 맨 먼저 뜨는 마을. 외로움이 깊어져서 숨도 쉬기 힘들어질 때 나는 구룡포를 찾는다. 동해 연안에 추억을 부린 모든 고기잡이배들이 정박해있는 것 같은 북적대는 선창 풍경, 그 배들의 수효보다 훨씬 더 많을 것 같은 갈매기들의 모습, 드럼통에 피운 불빛을 쬐가며 그물을 손질하는 바닷사내들, 여기저기 바람에 말려지는 오징어와 과메기라고 불리는 꽁치들의 모습……. 그 모든 풍경들이 한순간 여행자가 안고 온 외로움의 봇짐들을 파도 저 멀리 실어 보낸다.

여행자는 실없이 '불빛이 따수운가요' 하고 묻다가 '바다에 고기는 많은가요'라고 묻고는, 바라보는 이들에게 피식 웃음을 건네고 만다. 그러나 구룡포가 아름다운 이유는 다른 데 있다. 구룡포의 골목길들. 한번 들어가면 출구가 어딘지 쉬 짐작이 안 되는

길들……. 한 사람이 겨우 빠져나올 듯한 길들이 구불구불 이어
지고, 그 속에서 주름이 깊게 팬 할아버지를 만나고, 기저귀를
빨랫줄에 너는 새댁을 만나고, 세발자전거를 타는 아이를 만난
다. 구룡포의 골목길을 떠돌다 보면 세상에서 가장 아름다운 건
축물이 서울의 달동네라고 말한 어느 서양 건축학자의 매력적인
지적이 이곳에서도 여전히 유효함을 알게 된다. 나란히 누워 서
로의 살갗을 부비는 집들, 담장들, 빤히 들여다보이는 이웃들의
꿈, 가난, 숨결들. 삶의 시간들이 피워내는 가장 따뜻한 형상의
꽃들이 동해의 푸른 물살과 수평선 위에 펼쳐진다.

　실컷 골목길을 떠돌다가 방파제 쪽으로 내려가면 새로운 세계
가 기다린다. 구룡포의 방파제는 길다. 외지에서 온 여행자는, 특
히 그들이 연인 사이일 때, 이 방파제는 바다로 뻗어있는 세상에
서 가장 아름다운 길이 된다. 파도와 그들이 내는 소리들이 꽃
처럼 발밑에 쌓이고 갈매기들의 비상은 색종이처럼 머리 위에서
쏟아진다. 그 길을 계속 걸어가는 것이다. 방파제가 끝난 곳에서
그들은 자신들이 꿈꾼 시간의 흔적들을 충분히 만날 수 있다. 등
대…… 빛이 보이지 않아도 영원한 페시미즘의 미래를 위하여
꿈꿀 수밖에 없다고 노래한 박인환의 쓸쓸한 시구가 이곳에서만
은 따뜻한 감성으로 살아 오른다. 갈매기들이 날아오르는 모습
을 실컷 바라볼 수 있는 것 또한 큰 기쁨이다. 갈매기들은 이쁜

소의 눈빛을 하고 있다. 그들이 꾸는 꿈의 정갈함 탓이다. 갈매기들은 물 위를 스치며, 어부들이 던져주는 작은 생선을 물고 하늘로 올라간다. 어떤 갈매기들은 선창에서 이제 막 내려오기 시작한 불빛들을 물고 하늘로 올라가기도 하고, 어떤 갈매기는 그냥 기류를 타며 하늘 한곳에 머물러있다. 그들도 외로움을 탈까. 생각하는 동안 불빛들은 점점 포구와 정박 중인 배들과 바다를 적셔나간다.

선창의 한 식당에서 저녁을 먹었다. 혼자 먹는 밥맛의 깊이를 아는 이는 예술가가 아니면 육체 노동자다. 주모가 대보로 가는 버스 노선을 일러주었다. 10분을 기다리다 택시를 탔다. '일출'이라는 이름의 모텔에서 하룻밤. 꿈도 없이 혼곤한.

대보에는 등대가 있고, 등대 박물관도 있다. 나라 안에서 해가 가장 먼저 뜨는 호미곶에서도 맨 동쪽에 위치한 이곳 바닷가에는 몇 년 전 한 조각작품이 세워졌다. 육지와 바다 쪽에 각각 하나씩 마주 보며 세워진 손의 형상을 한 이 조각작품은 '화합'이라는 표제보다는 훨씬 을씨년스러운 느낌을 준다. 그러나 관광객의 발길이 끊긴 어느 시간, 홀로 바다 가운데 솟구친 이 손을 바라다보는 시간은 충분히 사색적이다. 바다 속에서, 파도의 거품을 뚫고 솟구친 손. 무엇인가를 움켜잡으려고, 아니면 간절히 기원하는 것도 같은 그 손. 앙겔로풀로스 감독의 영화 〈안개 속의

풍경〉생각이 난다. 헬리콥터가 매달고 가던 거대한 형상의 손. 지향점을 상실한 채 쓸쓸한 형상으로 바다를 넘어가던 손.

구만리까지 2킬로미터쯤을 걸었다. 2년 전, 새로운 천년이 열렸다며 전 세계가 소란스러웠을 때—빈곤, 기아, 인권, 전쟁, 그 어떤 혹독한 이슈에도 지구 위의 모든 인간들이 그렇게 호들갑을 떨었던 적은 없었을 것이다—이곳 바닷가에서 하룻밤을 지새운 적이 있다. 구만(九萬)이라는 마을 이름이 좋았던 것이다. 포항에서 버스를 타고 30킬로미터쯤이면 닿는 거리인데 문득 구만 리라니. 한 시간도 채 못 되는 시간 속에 구만 리를 날아오를 수 있다니. 추억, 사랑, 꿈, 희망, 무지개……. 나는 이곳 바다에서 떠오르는 새 천년의 첫 햇살을 보며 인간들이 꾸는 꿈들이 그야말로 구만리장천에 아득하게 펼쳐 오르길 바랐던 것이다.

작은 항로 표지등이 서있는 방파제의 맨 끝에 쭈그리고 앉아 하늘의 별을 보며 자정을 넘겼다. 새로운 천년이 비로소 시작됐던 것이다. 그때 나도 동해의 파도소리 속에 바람 하나를 던졌다. 평등. 바다를 넘어온 햇살이 모든 이의 가슴에 똑같이 다가오는 것처럼 지상 위의 모든 인간들이 보다 따뜻하게 자신들의 시간을 맞이할 수는 없을까. 마음이 어두운 이를 이웃들이 위로하고, 보다 많이 가진 이가 보다 적게 가진 이를 위하여 재물을 나누고, 농부와 정치가와 사업가와 예술가가 타고난 능력에 의해서 차별을 받지 않는……. 그렇게 세 시간쯤 별을 바라보다가 나는 내 무릎이 펴지지 않는다는 사실을 알았다. 너무 추웠던 탓이다. 민박집의 구석방에 겨우 돌아와서도 나는 한 시간도 더 넘게 손발을 주물러야 했다. 하긴 구만리에 이르렀으니. 그 먼 길(?)을 걸어 이곳 바다에 이르렀으니.

구만리에서 트럭을 얻어 탔다. 운이 좋다. 곧장 포항으로 나왔다. 그리고 버스를 탔다. 대낮, 동해안 길은 조금 흉물스럽다. 생선횟집, 라이브 음악을 들려주는 카페, 모텔들이 연이어 섰다. 나는 생선회를 좋아한다. 동화 속 같은 모습의 카페에서 라이브 음악을 듣는 것은 더더욱 그렇다. 터덜터덜 걷다가 지쳐 하룻밤을 새울 모텔이 없다면, 서로 깊게 사랑하는 연인들의 꿈은 또 어디서 하룻밤을 새울 것인가. 그런데도, 너무 많이 들어서있다. 호젓한 해안길, 균제된 파도소리, 맑은 모래. 그들 속에 자연스레 동화되어 이들이 어울렸다면 동해안 길은 여행지로서 철학적인 품격을 지니게 되었을 것이다.

7년 전, 산타모니카 해변에 이르렀을 때 나는 넓게 펼쳐진 태평양의 모습과 끝 모르게 이어진 모래사장을 보았다. 유명한 관광지인 만큼 그곳에도 식당과 음악 카페와 숙박 시설들이 들어차있었다. 그러나 그 시설들은 얼핏 보아 가정집과 별장의 모습을 닮아있었다. 입간판을 세운 곳도, 네온사인을 번잡하게 내세운 곳도 없었다. 가까이 다가가면 문패만 한 크기에 식당이라는 글자가 새겨져있을 뿐이었다. 모든 집들이 다 그랬다. 드넓은 바다를 보며 숲속에서 꾸는 꿈.

화진에 이르렀다. 언제부턴가 나는 동해안의 그 많은 포구들과 해수욕장의 이름들 중 화진을 제일 많이 좋아하게 되었다. 꽃나루[花津]인지, 꽃이 다 진[花盡] 포구인지 잘 모르겠다. 이곳에 오면, 이곳에서만 피어나는, 참으로 아름답고 눈부시고 장엄한 꽃들의 화엄을 만날 수 있다. 꽃들은 서로 어깨를 걸고 팔짱을 끼고 아무런 쓸쓸함이나 두려움 없이 밀려오고 또 밀려간다. 산산이 부서지고, 하늘까지 다다를 듯 웅고하며, 깊고 깊은 포말 속에 선명한 무지개의 가루를 드리운다.

파도들, 태초부터 우람하게 존재했을 거대한 파도들의 축제가 이곳 눈부신 모래바다 위에 펼쳐지는 것이다. 지나간 계절은 혹독했고 쓸쓸했으며 위대했다. 눈보라가 몰아치고 나무들의 나신이 뿌리 뽑혔으며 삶의 방황은 끝이 없었다. 그러나 이곳 바다에서는 늘 새로운 꽃이 지고 꽃이 핀다. 봄의 냄새가, 밀려오는 꽃향기가 파도의 이랑 하나하나마다 깊게 스며있는 것이다. 아무도 그 축제를 거스를 힘은 없다. 힘들수록 더 거세게 부딪치고 싶은 열망. 새로운 계절은 지나간 계절의 혹독함을 부드러운 숨결 속에 묻는다. 광기도 고통도 열망도 다 파도의 꽃이파리 속에 따뜻한 두 손을 펼쳐 드는 것이다.

겨울꽃은 지고 봄꽃 찬란히 피어라.

소라고등 곁에서 시를 쓰다

선유도 기행

군산 여객선 터미널에서 배 시간을 본다. 아침 8시 30분에 어청도행, 9시에 선유도행의 배가 한 차례씩 있다. 어느 쪽으로 들어설까? 길 위에서 알지 못할 방향 때문에 시간을 쓰는 것은 바보스러운 일이다. 길 위에 시간이 펼쳐지고 시간 속으로 길들이 이어진다. 눈앞에 걸어야 할 길과 만나야 할 시간들이 펼쳐져있다는 사실만으로 여행자는 충분히 행복하다.

  길 위에서 꽃을 만나고 강을 만나고 마을과 숲과 새를 만난다. 꽃은 길 위의 내게 향기를 뿜어준다. 길을 걷는 동안 옷과 신발과 등짐이 다 향기에 젖는다. 강은 쉬임 없이 흐르며 내게 옛이야기를 들려준다. 길을 걷다 지치면 강물 소리를 베개 삼아 강 언덕 어디에건 몸을 누이면 그만이다. 별이 뜨는 시간이면 내가 강물에게 얘기를 해줄 수도 있다. 내가 만난 마을들과 숲과 작은 포구들에 대해서. 그 얘기를 하늘의 별이 들을 때 얘기는 시가 된다. 새들은 길 위의 내게 음악에 대해서 얘기해준다. 날개가 파란 어떤 새는 내게 춤에 대해서 얘기해줄지도 모른다. 그럴 때 나는 어젯밤 군산 시내의 한 비디오방에서 본 영화 한 편을 얘기해줄 수도 있다. 〈탱고 레슨〉. 샐리 포터라는 나이 든 여자가 주인공이다. 그가 극본도 쓰고 연출도 하고 영화음악도 맡았다. 영화가 끝나고 나서 나는 내 인생과 그 여자를 함께 사랑하게 되었다. 여자가 추는 아름다운 춤. 부에노스 아이레스와 파리와 런던의 거리 풍경들. 쓸쓸한 사랑과 순간순간의 허망한 집념들. 허공에 뿌려지는 비와 바람과 눈들. 기실, 길 위의 모든 이가 자신이 알지 못하는 춤사위 속에 춤추며 살아가고 있는 것을. 그 춤을 생각할 때 덧없이 가벼운 삶이 한없이 따뜻해지고 충만해지는 것을. 이 세상에서 가장 경건한 기도가 춤인 것을…….

안내가 있었다. 바람이 일어 오늘 어청도행의 배는 결항한다고 한다. 선택의 여지가 없어졌다. 나는 아홉 시의 선유도행 배표를 끊었다. 남은 시간 동안 선창에 정박 중인 배들을 구경했다. 포구에서 기분 좋은 일 중의 하나는 이리저리 걷다 마주치는 배들의 이름을 읽는 것이다. 배들의 이름에는 선주들의 꿈이 고스란히 담겨있다. 선주들은 자신의 배에 어린 시절 고향 동리의 이름을 새기기도 하고 젊은 날 자신이 사랑했던 연인의 이름이나 술 이름을 적어놓은 로맨티시스트도 있다. 먼 이국의 항구 이름을 따오기도 하고……. 그 이름들의 의미를 다 모아놓으면 그것이 그대로 한 포구가 지닌 그리움의 실체가 되리라.

배는 군산항을 떠난 지 1시간 30분 만에 고군산 열도의 첫 섬인 야미도에 닿았다. 이름이 좀 낯설어 한 촌로에게 물었더니 예전의 이름은 밤섬이었다고 한다. 밤나무가 섬에 많았던 것이다. 일제 강점기에 밤 야(夜)에 맛 미(味)로 엉뚱하게 바뀌어 야미도로 불리게 되었다고 한다. 서해안의 작은 섬 이름에 남겨진 역사의 상처.

배가 옛 밤섬을 떠나자 눈앞에 고군산 열도의 풍경이 한눈에 들어온다. 선경(仙景)이다. 나는 잠시 조선 중기의 풍운아 허균

에 대해서 생각했다. 나이 오십에 역모죄로 세상을 떠난 그는 천재적인 시인이자 기행(奇行)을 일삼은 방랑자였다. 관동 지방 기행기에 자신과 함께 잠자리에 든 기생의 수가 열몇 명이라고 스스럼없이 밝힌 그는 부안의 기생 계랑과는 플라토닉 러브를 펼치기도 했는데 그가 소설 『홍길동전』의 저자라는 사실은 알려진 일이다. 소설에서 길동은 서해안의 한 아름다운 섬 율도에 이상 국가를 세우거니와 그 율도국이 어쩌면 옛 밤섬을 비롯한 고군산 열도의 섬들이 아니었을까 하는 생각이 드는 것이다. 계랑과 함께 변산의 바닷가를 여행 다니던 그가 격포의 채석강 같은 곳에서 뱃길로 오십 리쯤밖에 떨어지지 않은 신비하고 아름다운 섬들의 얘기를 들었을 법하고 혈기 넘치는 그가 그 여행을 기꺼워했을 것이라는 사실은 짐작하기 어렵지 않다. 야미도라는 멋쩍은 이름이 밤섬, 혹은 율도로 바뀌어야 할 필요는 없는 것일까.

배는 선유도에 서서히 다가갔다. 군산항을 떠난 지 정확히 두 시간. 진안의 마이산의 형상을 닮은 망주봉 두 봉우리가 한눈에 들어온다. 배 안의 사람들이 자연스레 두 갈래로 나뉜다. 갑판 위에 나와 연신 탄성을 올리거나 카메라의 셔터를 눌러대는 사람들, 그들은 모두 여행자들이다. 작은 봇짐들을 하나씩 든 섬사람들은 별다른 표정이 없다.

선유도. 신선이 노닌다는 그 섬의 백사장을 처음 본 순간, 나는 세상에서 가장 맑고 넓은 원고지를 생각했다. 햇볕이 충분하지 않았지만 모래들은 빛났고 파도소리들은 푸르렀다. 애기 소라고등 하나가 모래 위를 뒤뚱거리며 걸어가다 내가 가까이 가자 작은 구멍 속으로 얼른 숨었다. 나는 손톱 하나의 깊이도 되지 않는 그 구멍 속에서 소라고등을 찾아냈다. 안녕, 난 친구야. 내 인사는 방금 밀려온 물살 하나가 소라고등의 구멍 위를 스쳐가는 바람에 그만 지워지고 말았다. 그때, 새 한 마리가 섬과 섬 사이로 날아가는 모습이 보였다. 시심이 일었다. 모래사장 위에 손가락으로 한 편의 시를 썼다.

섬과
섬 사이
새가 날아갔다
보라색의 햇살로 묶은
편지 한 통을 물고

섬이 섬에게
편지를 썼나 보다.

—「선유도」 전문

작은 물살들이 가까이 다가와 기웃거리는 바람에 그 시 또한 천천히 지워졌다. 그때 등 뒤에서 누군가 나를 불렀다. 둘이었다. 그들은 내게 사진을 찍어달라 부탁했고 나는 그들이 다정하게 포즈를 취하는 것을 기다려 셔터를 눌렀다. 김성일과 김희정. 대학 3학년인 그들은 연인이 된 뒤 첫 여행이라고 스스럼없이 말했다. 한 달 뒤면 성일이 입대한다고도 했고 자신들이 연인 사이가 되는 것을 친구들이 반대했다고도 했다. 왜냐고 묻자 너무 잘생기고 이쁜 사람끼리 만나니까 시기해서라고 말하며 둘 다 웃었다.

모래사장에서 나는 또 한 팀을 위해 기꺼이 셔터를 눌러주었다. 대학 2학년인 그들은 남자였으며 서울에서 왔다. 왕가위 감독의 영화 〈해피 투게더〉가 생각난다고 말했더니, 드디어 염려했던 바가 현실화되었다고 큰 소리로 웃었다. 둘은 나라 안 이곳저곳을 함께 여행 중이라 했다. 동무가 되어 나란히 길 위에 나설 수 있음은 아름다운 일이다.

모래사장이 끝나는 작은 바위섬에서 나는 이문재의 시집을 읽었다.

몸에서 나간 길들이 돌아오지 않는다

언제 나갔는데 벌써 내 주소 잊었는가 잃었는가

그 길 따라 함께 떠난 더운 사랑들

그러니까 내 몸은 그대 안에 들지 못했더랬구나

내 마음 그러니까 그대 몸 껴안지 못했더랬었구나

그대에게 가는 길에 철철 석유 뿌려놓고

내가 붙여댔던 불길들 그 불의 길들

—이문재, 「마음의 지도」 부분

    시집을 읽다가 나는 바위틈에서 아주 포근하게 한 시간쯤 잠이 들었다.

    오후 네 시. 나는 장자도로 걸음을 옮겼다. 선유도에는 길이가 똑같이 268미터인 두 개의 다리가 있다. 한 다리는 무녀도와 이어지고 다른 한 다리는 장자도로 연결된다. 세 개의 섬이 두 개의 다리로 이어지고 있는 것이다. 감동적인 것은 이 세 섬 안에서 자동차의 모습을 전혀 볼 수 없다는 점이다. 섬 안의 길들과 두 개의 다리는 오로지 사람을 위해서만 존재한다. 보행을 하는 여행자에게 이 섬은 최고의 낙원인 것이다.

    나는 장자할머니바위를 구경했다. 당집까지 마련된 이 바위에는 옛날 과거시험을 보러 간 남편을 기다리다 돌이 된 아낙네의 전설이 깃들어있다. 장원급제한 남편이 장자도로 돌아오며 소실을 데리고 왔던 것이다. 장자도의 고기잡이 불빛과 낙조의 풍경은 선유팔경에 드는 풍경이라고 동네 노인이 일러주었다. 나는 장자교 위에서 서해의 일몰을 보았다. 붉은 불기둥이 바다 속으로 사라진 뒤 가까운 섬들의 인가에서 불빛들이 반짝이기 시작했다. 파도소리 속에 불빛들은 춤을 추는 것처럼 흔들리고 물살을 따라 내 발 아래까지 밀려왔다.

나는 걸음을 다시 선유도 쪽으로 옮겼다. 어디서 하룻밤을 묵을까. 나는 마음속으로 무녀도를 이미 정해놓았었다. 장자도에서 무녀도까지의 십 리 길을 터벅터벅 걸었다. 완전히 어두워진 산길과 바닷길을 따라 걷는데도 마음은 수수롭기 그지없다. 기다리는 사람도 그리운 사람도 없다. 하늘에는 별이 몇 개, 어둠 속으로 희미하게 길이 이어질 뿐. 무녀도로 들어가는 선유교 다리 위에서 세 개의 가로등 불빛을 보았다. 나는 그중의 한 불빛 아래 다리를 뻗고 앉았다. 불빛이 내게 말했다. 조금 외로운 것은 충분히 자유롭기 때문이야. 나는 불빛을 보며 씩 웃었다.

별똥 떨어진 곳 마음에 두었네

동화와 지세포를 찾아서

 안녕, 저는 지금 길 위에 있습니다. 사방을 두리번거리고 있지만 이 길은 제게는 무척 낯익은 길입니다. 소금기가 별로 느껴지지 않는 갯바람, 드문드문 개펄 위에 주저앉은 낡은 목선들, 치렁치렁 쏟아지는 가을 햇살 속을 나는 천천히 걸어갑니다.

'동화'라고 쓰인 표지석이 보입니다. 기억나는가요? 처음 내가 이 마을에 들어서던 순간 말입니다. 그때 나는 길 하나를 찾고 있었습니다. 1004번 도로. 1001번, 1002번, 1003번, 1005번……. 심지어 1024번 도로까지 있는데 1004번 도로는 내가 지닌 어떤 지도책에도 존재하지 않았습니다. 우스꽝스럽게도 나는 1004번 도로가 이곳 남해안 길 어디엔가 꼭 존재한다고 믿었습니다. 다만 지도 속에 존재하지 않은 이유는 그곳이 아무나 이를 수 없는 천사(天使)의 길이기 때문이라 생각했지요. 마치 절집의 대덕을 찾을 때 삼천 배를 올려야 하는 것처럼 길 위에서 발이 부르트고 오래오래 꿈에 잠길 수 있는 이만이 그 길을 찾을 수 있을 것이라 생각했지요.

그렇게 헤매다가 이 마을에 들어섰지요. 저물 무렵이었고 지금처럼 가을이었지요. 내가 서있던 길은 1010이라는 번호를 달고 있었습니다. 그 길을 따라 걷다가 동화라는 이름을 지닌 이 마을을 발견했지요. 동화, 동화……. 꿈, 사랑, 이야기……. 어떤 누군가가 자신이 사는 마을에 이런 꿈 같은 이름을 붙였을까. 마을 앞에는 배 다섯 척만 들어서면 꼭 좋을 것 같은 작은 만 하나가 있었습니다. 익은 햇살이 만 가득 고여있어서 언덕 위에서 보면 잘 익은 능금처럼 보일 거라는 생각이 들었지요. 그 순간 나는 만의 이름을 '능금만'이라 붙였습니다. '사과만'이라 해도 좋을 테지만 그냥 '능금만' 쪽이 더 그럴듯하게 느껴졌지요.

마을은 고즈넉했고 인기척도 별로 느껴지지 않았습니다. 집이라고 해야 대여섯 채밖에 보이지도 않았지요. 나는 마을 뒤 언덕으로 올라갔습니다. 길섶에 들국화들이 수북수북 피어있었지요. 그곳에서 나는 지금껏 내가 알지 못했던 꽃 하나를 발견했습니다. 작은 밤송이만 한 보라색의 꽃들이 매달린 그 꽃나무 주위에서는 강한 향기가 스며 나왔습니다. 너의 이름이 뭐니? 나는 꽃 한 송이를 꺾어 코에 대었습니다. 꽃향기는 생각보다 진하지 않았습니다. 오히려 이파리 쪽에서 훨씬 진한 냄새가 풍겼지요. 나는 그 꽃 한 가지를 꺾어 가져온 시집에 꽂아두었습니다.

그 언덕에서 해 지는 모습을 보았습니다. 금세 어두워졌고 별이 떴습니다. 그리고 몇 송이의 별똥꽃을 보았습니다.

별똥 떨어진 곳,
마음에 두었다
다음날 가보려,
벼르다 벼르다
인젠 다 자랐소

—정지용, 「별똥」 전문

당신, 몇 살 때 이 시를 썼나요? 다 자란 후이니 스무 살은 넘었겠지요. 내가 이 시를 알게 된 것은 아직 스무 살이 안 된 때였습니다. 시를 읽고 나서 슬퍼졌지요. 왜 다음 날 가보지 않았을까? 왜 뒤로 뒤로 미뤄두었을까? '인젠 다 자랐소'라는 말은 무슨 의미일까? 다 자랐으니 이젠 더 이상 찾아가보지 않아도 된다는 말일까……. 그 무렵 나는 시 쓰는 일이 내 인생의 업이 되려니, 하는 어렴풋한 예감을 지니고 있었습니다. 내가 시를 쓰게 되면 세상의 별똥 떨어진 곳을 미루지 않고 찾아보리라 생각했지요. 물론 충분히 다 자란 후에도 말이지요.

이 낡은 책, 당신 보이나요? 『문학독본』이라는 둔탁해 보이는 제목을 단 이 책. 1948년 2월 5일, 박문서관에서 찍어낸 책 말이에요. 임시 정가 250원이라는 표기도 보이는군요. 광주의 한 고서점에서 처음 이 책을 보게 되었을 때 나는 주저 없이 주인이 달라는 금액을 다 지불했습니다. 문학 이론서와 같은 제목과는 달리 책 안에는 당신의 숨결이 가득 느껴지는 글들이 실려있었습니다. 「별똥 떨어진 곳」이라는 시와 함께 실린 글도 있었지요. 여행기가 많이 실려있는 것도 마음에 들었지요. 언젠가 당신과 함께 이곳 남쪽 바닷길 여행을 하고 싶었지요. 그리고 지금 이렇게 길 위에 서있습니다.

마을은 여전히 고즈넉합니다. 나의 능금만에는 열 척이 넘는, 꽤나 많은 배들이 정박해있군요. 천천히 마을 안길을 걷다 두 명의 사내를 만납니다. 그들은 지금 배를 수선 중에 있습니다. 고기가 많이 잡히나요? 나의 이 질문에 그들은 버럭 화부터 냅니다. 고기는 우라질 놈의……. 이럴 땐 무슨 말을 덧대어야 할지 참 난감해지지요. 마을 풍경이 참 좋아요. 이름도 좋고. 나의 이 말이 그들의 마음을 누그러뜨렸습니다. 어디서 왔소, 신문사요? 나는 고개를 저었습니다. 팔 년쯤 전에 이 마을에서 한나절을 보내고 갔다는 생뚱한 말에 그들은 남 쿠릴 열도에서의 꽁치 조업 중단에 대해서 이야기했지요. 일본과 러시아가 담합해 제3국의 조업을 금지했다는 사실보다 그런 사실 자체를 까마득히 모르고 있었던, 아니면 알고도 무대책으로 대응한 정부의 처사에 그들은 분노했습니다.

별똥을 바라보았던 그 언덕에는 지금 축성 작업이 이루어지고 있습니다. 이곳이 예전에는 산성 자리였나 봅니다. 나는 풀밭 여기저기를 기웃거려봅니다. 향기 자욱하던 보라색의 풀꽃—그 꽃의 이름이 배초향이라는 것을 여행에서 돌아온 뒤 식물도감을 뒤져 알았지요—을 찾기 위함이었습니다. 배초향의 모습은 어디에도 없습니다. 나는 조용히 그 예전의 시집을 펼칩니다. 그곳에 내가 끼워둔 배초향 꽃가지는 이미 없습니다. 그렇지만 그 꽃가지가 누워있던 흔적은 여전하지요. 그 자리에 이런 시가 함께 누워있습니다.

저녁 어스름

길에 나가 길을 묻는다

저기 마을 안쪽은 환한 스크린이다

사람들 크게 번지다가 사라진다

길 위에서

누가 길을 묻는다

그림자 길게 끄을며 아직 누가 길을 묻는다

—현담, 「길」 전문

현담이란 스님이 쓴 「길」이라는 시입니다. '그림자 길게 끄을며 아직 누가 길을 묻는다'라는 마지막 행을 나는 참 좋아합니다. 저문 뒤에도 길을 묻고 또 물을 수 있는 사람, 바랑은 낡고 신발은 다 해어졌는데도 여전히 길을 물을 수 있는 사람, 나이 들어 몸의 털이 희어지고 뼈 사이로 바람 숭숭 드나드는 귀신의 시간에도 길을 물을 수 있는 사람, 어디선가 떨어진 별똥이 꽃을 피워 올리리라는 생각에 어제도 내일도 잠 못 들고 그곳을 찾아가는 사람. 나는 그런 사람이 좋습니다.

언젠가부터 나는 동화 마을이 자리한 1010번 도로를 1004번 도로로 바꿔 부르기 시작했습니다. 그냥 내 마음속에서 그렇게 부르기 시작한 것입니다. 한려해상 국립공원이라는 명칭만 빼고서는 그냥 수더분하게 바라볼 수 있는 바다 풍경들. 빼어나게 아름답지도 못나지도 않은 풍경들. 그런 풍경들이 오히려 마음의 훈김을 느끼게 합니다.

천사의 길 한 끝에 통영이 자리하고 있습니다. 충무라는 이름으로도 알려진 이 항구도시를 비유하기 좋아하는 어떤 사람들은 한국의 나폴리라고도 하지요. 이런 비유 당신도 좋아하나요. 소박하고 따뜻하고 성실한 자신의 무엇인가를 바보스럽게 위축시키는…….

선창의 한 골목길에 '젤소미나'라는 커피숍이 있지요. 당신이 「화문행각」에서 보여준 의주나 평양, 선천의 다방이나 기방보다 운치는 없지만 이 도시에 오면 나는 늘 이곳에서 차 한잔을 마시지요. 당신의 책 속에서 내가 가장 좋아하는 글은 「이가락(離家樂)」입니다. 직역하면 집 떠나는 즐거움, 한 걸음 나아가면 여행 떠나는 즐거움이 되겠지요. 다도해를 거쳐 한라산을 탐방하는 여행의 출발기를 당신은 덤덤히 적어놓았습니다. 그곳에 당신의 '안해' 이야기가 있지요.

등산화를 꺼내어 기름으로 손질을 하는 둥 속샤츠를 몇 벌 재봉침에 돌려내는 둥 손수건 감을 두르는 둥 등산복일지라도

빳빳해야만 척척 감기지를 덜한다고 풀을 먹여 다리는 둥……
부산히 구는 것이었다.

　운동구점에 바랑을 사러 나갔을 적에는 자진하여 따라나서
는 것이었다. 나그네 길이란 어쩐지 그 계획에서부터 신선한 바
람이 부는 것이다. 등산 바랑을 지기는 실상 내가 지고 가는 것
인데 그날은 어쩐지 안해도 심기가 구긴 데가 없이 쾌활히 구
는 것이다. 나온 길에 종로로 진고개로 남대문으로 휘돌아온
것이었다. 백화점에도 들르고 간단한 식사도 같이 한 것이다.
그는 과언인 편이기는 하나 그날은 상당히 말이 있었고 걸음도
가볍고 쾌하게 따르던 것이었다……(중략)

　떠나던 날은 하늘과 바람에 우정(雨情)이 돋는데도 불구하
고 구태여 열한 살 난 놈을 다리고 역에까지 나와 보겠다는 것
이었다……(중략)

　귀하지 않다든지 고맙다든지 미안스럽다든지 가엾다든지 그
런 새삼스런 감정으로 그를 불빛 휘황한 플랫폼에 세워놓고 바
라본 것은 아니었다.

　그날 밤 그가 입었던 모시배기 치마가 입고 나서기에는 너무
굵고 억센 것이었고 빛깔이 보통 옥색일지라도 좀더 짙을 수도
있지 않을까 생각되었다.

—정지용, 「이가락」 중에서

차 한잔을 마시고 길을 재촉합니다. 당신에게 보여드릴 마을이 하나 더 있습니다. 지세포라는 갯마을이지요. 1018번 도로를 타고 해금강을 지나 다시 14번 국도를 타고 학동과 구조라 마을을 지나면 닿는 곳입니다. 지세포. 세상의 모든 비밀들을, 삶의 원칙과 슬픔과 근원의 뼈아픔들을 다 알고 있는, 그 포구의 이름이 오랫동안 가슴에 닿아왔습니다.

당신, 오랫동안 별똥이 떨어진 땅을 고대해왔던 당신. 그만 어른이 되어서는 그 길을 언뜻 망설인 느낌도 드는 당신, 아니 어쩌면 별똥 떨어진 곳보다도 더 근사한 땅을 찾았을지도 모를 당신. 내가 처음 시를 쓰고자 했을 때 알지 못할 슬픔으로 가슴 한편에 안겨왔던 당신.

저기 지세포 마을의 불빛들이 보입니다. 아파하며 쓸쓸해하며 그리워하며 목말라하며 턱턱 막히는 숨결로 길 위에 섰던 나날들. 뭔가에 쫓기고 또 쫓겨 이제는 자신이 쫓기는지 어쩌는지도 모르고 허겁지겁 뛰어가는 시간들. 그런 시간들의 바다를 넘어서면 1004번 도로에 이를 수 있을까요. 당신, 언젠가 한번 다시 그 길을 찾아봐요. 함께.

하늘 먼 곳, 푸른빛의 별들이 꿈처럼 빛나고

어청도에서

어청도. 오랫동안 나는 그 섬을 꿈꾸었다. 햇수로 치면 이십 년이 넘었을 것이다. 대학에 들어가고 나라 안 이곳저곳을 들쑤시며 도보 여행하는 재미에 절어있을 때 그 섬의 이름은 내게 신비함으로 다가왔다.

어청도. 그 섬에서는 푸른빛의 어족들이 모여 살았다. 등이 푸를 뿐 아니라 눈빛과 비늘, 내장과 피와 뼈, 살이 모두 푸른빛인 어족들, 그들은 푸른빛의 물살 속에서 푸른빛의 유영을 하고 푸른빛의 물이끼를 먹고 푸른빛의 해저에서 푸른빛의 잠을 자고 푸른빛의 꿈을 꾸었다. 그들 곁에서는 푸른빛의 달빛이 쏟아지고 푸른빛의 등대에서 쏟아지는 빛이 그들의 유영을 뒤쫓았다. 그리고 한 사람의 어부. 그의 얼굴빛조차 푸른빛이었을 것이다. 주름이 많이 잡힌 그는 푸른색의 그물을 펼치고 만월의 밤바다에서 평온한 노동을 한다.

세상에 평온한 노동이 있을 수 있을까. 이 늙은 어부의 노동이 그러했다. 그가 펼친 그물 안에 푸른빛의 고기떼들이 소로시 밀려들어 올 때 그는 그물을 슬쩍슬쩍 바다 위로 들어 올렸다가 놓았다. 놀이터의 아이들이 공중제비를 하는 것처럼 고기들은 그물 위에서 튀어 오르기도 하고 회전목마를 타기도 했다. 노인은 이를 '그물 위의 춤'이라 불렀다.

노인은 고기를 잡지 않았다. 달빛들이 스러질 무렵이면 노인은 그물을 걷고 자신의 오두막집으로 돌아갔다. 이익을 위해 자신의 시간을 파는 노동은 평온할 수가 없다. 하루의 노동이 자신의 하루 생계의 몫을 넘어서고 더더욱 그것이 다른 사람의 몫을 침범하는 경우라면 그 노동은 신성함을 잃는다. 그런 의미에서 노인의 노동은 무능력한 것이었다. 그래도 나는 그런 어부가 이 지상 어디에 존재했으면 하는 꿈을 꾸었다. 릴케가 푸른빛의 장미

52

를 찾아 헤매었던 것처럼…….

푸른빛의 바다, 푸른빛의 고기떼, 고기떼와 함께 춤을 추는 어부, 무능력한 삶. 나는 그렇게 오랫동안 어청도를 꿈꾸었다.

아침 아홉 시. 나는 어청 페리호에 올랐다. 군산 여객선 터미널에서 출항하는 이 배를 타기 위해 새벽의 고속도로를 세 시간 동안 달렸다. 몇 군데의 무인 카메라에 내 차의 속도가 찍혔을지 모르겠다. 그럴 경우 성실한 카메라여 이해하길. 이십 년 동안 서성거렸던 그 길. 무전 도보 여행이 원칙이었던 그 시절엔 불가능한 길이었다. 군산까지 걸어갈 수 있다고는 해도 저 먼 바닷길은 어찌할 것인가. 뱃삯을 마련할 수 없었던 시절에는 어청도는 그냥 어청도였다. 갈 수 있는 길이 아니었다. 신시도와 무녀도, 선유도, 장자도에 들른 적이 있지만 그럴 경우에도 내게 어청도는 어청도일 뿐이었다. 푸른 고기떼들이 푸른빛의 꿈을 꾸며 사는 섬. 그 환상의 섬으로 찾아가는 시간, 하루 한 차례뿐인 배 시간. 더더욱, 명령 항로인 그 뱃길은 조금만 바람이 불어도 막힌다. 그리고, 기다렸던 오늘 아침 드디어 배가 뜨는 것이다. 두 눈 부릅뜨고 밤을 새운 카메라여, 그러므로 다시 한 번 이해해주길. 그러고도 노함의 기운이 가시지 않거든 다음의 시를 한 차례 읽어주시길.

당신은 어청도로 가자고 한다 더 먼데 어느 깊은 섬으로나 가자고 한다 주인 없는 그 곳에다 집 하나 지으러 가자고 한다 이미 눈발 가득한 목소리로 섬에는 동백꽃, 섬에는 등댓불, 빨갛게 불을 밝힌 눈빛으로 서해 먼 곳으로 가자고 한다 당신의 고운 노을 아래 잔잔히 빛나던 바다는 어린 게들처럼 모래 속에 숨어들었는지 자꾸만 맑은 눈물 속에서도 모래알이 묻어나오는 먼 서해에 가자고 한다 작은 배 하나를 만들어 당신의 하염없는 등댓불을 물결쳐 가자고 한다

—현담, 「모시조개」 전문

어떤가, 이제는 마음이 조금 풀리는지……. 작은 배 하나를 만들어 동백꽃 핀 서해의 먼 섬으로 당신과 함께 물결쳐 가는 길. 먹물 옷 입은 현담이란 사내가 쓴 시 「모시조개」. 서해에 이르러 문득 어청도에 가고 싶은 마음이 일 적마다 나는 이 시를 떠올렸다.

선실 안의 승객은 이십여 명, 일백여 석의 자리가 많이 비어있다. 하긴 군산에서 뱃길로 세 시간 걸리는 이 길을 무싯날 보통 사람이 여행하기란 쉽지 않을 것이다. 배는 곧장 군산 내항을 빠져나간다. 눈에 들어오는 긴 방조제. 창 곁의 자리에 앉아 가능한 한 의자의 등받이를 눕혔다. 창 곁으로 서해바다가 넘실거린

다. 나는 잠시 눈을 붙였다. 짧은 꿈속에서 나는 자그마한 배 하나를 만들었다. 소재가 나무였는지 종이였는지는 분명치 않다. 한 노인이 내게 말했다. 그 배로는 목적지까지 갈 수 없다네, 젊은이. 꿈속에서 나는 스무 살이었다. 가능도 불가능도 짐작할 수 없는 나이. 나는 모래사장에서 바다 쪽으로 힘껏 배를 밀었다. 그러고는 배에 올라탔다. 노인이 손을 흔들었다. 나도 손을 흔들었다. 작은 파도 사이로 노인의 얼굴이 보였다. 푸른빛…… 푸른빛…… 어디서 보았더라…… 저 푸른빛의 얼굴을…….

나는 잠에서 깨었다. 삼십 분쯤 잠들었을까. 방조제가 창문을 가르며 여전히 지나고 있다. 방조제의 끝은 계획대로 공사가 끝난다면 선유도에 이른다. 그 방조제는 다시 변산반도에까지 이르게 되고, 방조제 안의 물을 빼내게 되면 그 안은 거대한 뭍이 된다. 지상에서 이보다 더 큰 간척 사업이 있을까. 서해의 넓은 개펄과 아름다운 바다 풍경들을 육지화시키는 이 작업의 손익계산에 대해서는 말이 많다. 분명한 것은 자연은 자연 상태로 두는 것이 가장 인간의 꿈에 부합된다는 사실이다. 지중해를 낀 나라들은 그 따스하고 자양분 넘치는 바다 풍경을 관광 자원화시켜 돈을 번다. 원칙은 손을 대지 않는다는 것이다. 양식 사업도 관광산업에 전혀 지장을 주지 않을 경우에만 허용된다. 남해와 서해의 우리 바다, 국립공원으로 지정된 수역들조차 양식 산업으

로 와글거린다. 돈을 벌기 위해서, 먹고살기 위해서라고 항변한다
면 할 말은 없다. 문제는 돈을 버는 방법이다. 지중해 바다는 아
무것도 설치하지 않는 대가로 돈을 벌고 그보다 더 아름다울 수
있는 우리 바다는 뭔가를 와글와글 설치해야만 돈을 벌 수 있다
면 어느 쪽이 더 경제적일 것인가. 우리도 이제는 의식주를 해결
할 수준에 이르지 않았는가. 상급의 자원을 막대한 경비를 들여
하급의 자연으로 치환하는 과정이 이 물막이 사업에 끼어들 가
능성이 없었는지, 국토의 효율성 있는 이용의 진정한 의미는 무
엇인지 지금이라도 생각해볼 시간의 여유는 있을 것이다.

세 시간의 항해 끝에 배는 어청도에 닿는다. 나는 본능적으로
푸른빛을 찾았다. 내항의 불빛, 선착장에 늘어선 건물들, 마중
나온 사람들, 휴식 중인 배들, 날아다니는 갈매기들……. 푸른빛
은 눈에 띄지 않았다. 나는 등대를 찾아보았다. 선창 가까운 어
디에 등대가 자리하고 있으리라. 등대 또한 눈에 띄지 않았다. 한
동안 나는 안도의 숨을 쉬었다. 대가 없이 바로 찾아지는 무엇은
기쁨이 아니리라. 고통 없이 찾아질 수 있는 아름다움은 아름다
움이 아니리라.

낯선 포구에 이르러 선창에 늘어선 가게의 이름을 살펴보는
것은 흥미로운 일이다. 느릿느릿 나는 갈매기의 비행에 보폭을
맞추고 천천히 선창길을 걸어가는 것이다. 서해 다방, 군산 다방,

연민 다방, 웬 다방이 이리 많지……. 엔돌핀 커피숍이라고 써진 가게 앞에서 나는 한참 동안 웃었다. 모래성, 보물섬, 두 개의 가게는 상상력을 발동시킨다. 단란주점 같다. 펑크하우스, 무슨 뜻의 이름인지 모르겠다. 숙녀복, 란제리, 악세사리……. 희미한 글씨들이 곁에 늘어서있다. 가게 안 풍경은 쓸쓸하다. 빈 라면 박스들, 비닐봉지들, 플라스틱 상자들만 쌓여있다. 연지 야식, 여기에도 야식집이 있다니…… 하긴 바닷일은 밤낮 구별이 없으니까. 양자강, 중화요릿집이다. 서부 개척 시대에 마을이 생기면 제일 먼저 들어서는 것이 교회와 중화요릿집이었다고 한다. 중국에서 우는 새벽닭 소리가 들린다는 이곳에 중국 음식점이 들어서있는 것이 이상할 것 없다. 참, 저것 좀 봐. 인터넷 PC방도 있네. 10월 10일 개업했다는 안내 문구가 쓰여있다. 가게 문을 열어보았다. 대여섯 명의 손님이 게임도 하고 채팅도 하는 모습이 보인다. 한시간에 2천 원. 도시보다 비싸다. 몇 개의 민박집과 여관 이름은 적지 않는다.

선창의 간판들을 죽 읽고 나서 나는 이 포구가 지닌 내면적인 존재 의미를 이해했다. 이 포구는 전적으로 뱃사람들을 위한 포구일 것이다. 육지의 바다낚시꾼들이 이곳까지 오기에는 시간과 비용의 지출이 크다. 더더욱 태풍이나 바람이 불어 섬에 갇히게 된다면……. 그럴 때 뱃사람들에게는 이 섬이 잠시 머무를 고향이 되는 것이다.

바람이 조금 쌀쌀했으므로 커피 생각이 났다. 어느 집……. 약간의 망설임 끝에 나는 연민 다방의 문을 열었다. 문학적이지 아니한가. 11월 늦은 가을의 오후, 오래전에 꿈꾸어온 섬, 한 해의 끝, 바람 속에 스민 쓸쓸함, 옹기종기 붙은 시멘트 건물들, 연민……. 어울리지 아니한가. 무얼 드릴까요? 전형적인 포구의 갈매기. 사십 대를 넘긴 짙은 화장을 한 여자가 방을 나오며 물었다. 커피 있나요? 홀에는 손님이 한 사람도 없었다. 물이 너무 귀해요. 커피를 가져다주며 여자가 시키지도 않은 말을 했다. 하루에 한 번 샤워하는 건 여자의 자존심인데…… 그래도 난 어찌어찌 해결하지만……. 여자의 자존심과 샤워, 처음 듣는 이 등치의 공식이 마음에 들었다. 삼십 분쯤 여자와 이야기했다. 여자가 살았던 도시와 거리와 영화관과 시. 말 중에 여자는 이곳에는 시집 한 권 빌릴 곳이 없어요, 라고 얘기를 했다.

해 질 무렵, 나는 여자가 일러준 길을 따라 등대로 갔다. 선착장에서 도보로 삼십 분. 구경 삼아 천천히 들국화 핀 산길을 넘는다. 등대는 선창의 정반대 방향에 자리하고 있다.

전종준 씨. 어청도 등대의 소장인 그와 그의 등대지기 생활 이야기를 했다. 삼십 년. 짧지 않은 세월. 그와 이야기하며 나는 혹 그의 주름살 언저리에 푸른빛이 묻어있지 않을까 찾아보았으나,

그는 얼굴을 한참 놀이에 열중인 손자들 쪽으로 돌렸다. 일몰과 함께 빚어지는 초등. 등대의 불빛이 바다를 스치고 돌아갈 때 나는 또한 푸른빛을 찾았다. 등대의 몸 어딘가에 푸른빛이 가득 담긴 창고가 있는 것은 아닐까, 푸른색의 불빛이 어느 순간 쏟아져 나오는 것은 아닐까……. 수평선 언저리 집어등을 밝힌 고깃배들 중에 푸른빛의 그물을 펴고 '그물 위의 춤'을 추는 노인은 없을까 잠시 생각에 잠겼다. 등대를 떠나면서 나는 벽에 적힌 한 문구를 보았다. 1912년 3월 조선총독부 체신국 초점등. 이 등대는 우리나라 초창기 등대 중의 하나였다.

선창의 양지 식당에서 백반을 먹었다. 주인 아줌마의 말솜씨와 용모가 똑같이 화사했다. 18년 전 정읍에서 시집왔다 한다. 곁에서 식사하던 한 손님이 어청도 최고의 미인이오, 하고 말을 거든다. 그녀는 해 바뀌면 어청도 초등학교의 74회 졸업생이 될 아들 이야기를 했다. 졸업생 한 명. 혼자 일등상도 타고 공로상도 타고 모범상도 타고 교육감상도 타고…… 참 상복도 많지 한다. 식수도 부족한데 어떻게 세수하길래 곱소? 했더니 물 세 드럼만 가져오면 새 시집이라도 가겠소, 한다.

식당 밖은 캄캄한 어둠이다. 아, 그곳의 하늘 먼 곳에 푸른빛의 별들이 꿈처럼 빛난다.

아, 모두들 따사로이 가난하니

삼천포 가는 길

진주에서 삼천포로 빠지는 3번 국도에 접어들었을 때 두 명의 아가씨가 손을 들었다. 두 잔의 자판기 커피를 빼 마시고도 가을 햇살이 무료하던 참인데, 나는 차를 세웠다. 삼천포 가는데예……. 아가씨들의 말투가 정겨웠다. 고성을 거쳐 통영을 갈까, 아니면 삼천포를 거쳐 늑도에 들어갈까 잠시 망설였던 행로는 아가씨들의 탑승과 함께 자연스레 결정됐다.

짧은 시간이지만 마음에 드는 도반을 맞았을 때, 혼자인 여행자의 권태는 설렘과 영감으로 뒤바뀐다. 삼천포가 고향인 그들은 명절 앞머리에 미리 고향에 다녀오기 위해 서울에서 함께 비행기를 탔다고 했다. 사천 공항에서 삼천포행의 버스가 많았을 텐데 그들은 버스보다는 히치하이크를 선택했다. 재밌잖아요. 느낌이 좋은 차를 골라 손을 들고, 거기 맞춰 차가 서고. 그들의 웃음결이 가을바람만큼이나 선선했다. 아름답지 않은가. 한 번도 인연을 나눈 적이 없는 차를 향해 손을 들고 또 차가 서고…….

나는 그들에게 물었다. 왜 삼천포시가 사천시로 이름이 바뀌었느냐고. 무슨 중화요리 냄새가 나는 사천보다는 삼천포가 훨씬 정겨운 이름이 아니냐고. 그들 또한 이유를 알 수 없다고 했다. 그들은 자신들이 다녔던 학교의 이름에 삼천포란 이름이 들어있음을 소중하게 여긴다고 했다. 아마도, 잘 나가다 삼천포로 빠진다는 속어의 어감이 싫어서 그런 게 아니겠느냐는 말을 덧붙였다. '빠진다'는 말 속에 서울에서 먼 변방의 의미가 들어있다고 생각할 수 있겠지만 서울에서 제일 먼 골짜기에 삼천포가 자리하고 있으면 어떠한가. 교통이 좋은 요즈음은 제주나 부산이나 목포 모두 비행기로 같은 시간이 걸리는 것을……. 서울에서 멀리 떨어져있어 더 인심이 후하고 문물은 따스한 빛을 잃지 않고 있음을. 그래서 더 맑고 오붓하고 소중한 고향이 될 수 있음을……

　일제 강점기에 우리말의 순박한 아름다움을 자신의 시에 잘
녹여 썼던 시인 백석은 70년 전 삼천포의 풍경을 다음과 같이 남
겼다.

　　　졸레졸레 도야지새끼들이 간다
　　　귀밑이 재릿재릿하니 볕이 담복 따사로운 거리다

　　　잿더미에 까치 오르고 아이 오르고 아지랑이 오르고

　　　해바라기하기 좋을 볏곡간 마당에
　　　볏짚같이 누우런 사람들이 둘러서서
　　　어느 눈 오신 날 눈을 치고 생긴 듯한 말다툼 소리도 누우
　러니

　　　소는 기르매 지고 조은다

　　　아 모도들 따사로이 가난하니
　　　　　　　　　　　　　　　　　　　　　　— 백석, 「삼천포」 전문

마음 한 끝에 자릿자릿 햇빛이 닿는 것처럼 마음이 포근해지지 아니한가. 볏짚같이 누우런 얼굴을 한 사람들, 도야지새끼들과 질마를 맨 소들이 함께 평화로이 지내는 마을……

어느 방송국 드라마에 '잘 나가다 삼천포로 빠지더니'라는 대사 한마디가 나와 삼천포 시민들이 항의했다는 그런 소극적인 애향심보다는 '잘 나가면 (우리) 삼천포에 이르지요' 식의 적극적인 사고가 더 필요한 것 아니냐는 그들의 얘기에 나는 귀를 기울였다. 융통성 있는 젊음이라니…… 나는 내 일행이 마음에 들었다.

그들이 탑승하고 나서 차의 주인이 바뀌었다. 운전은 내가 하지만 진로는 그들이 정했다. 나는 그들이 지정해준 길을 따라 몇 군데의 바닷가 마을을 지났다. 차 한 대가 겨우 지날 농로를 따라 '주문'이란 바닷가 마을에 이르렀을 때 그들이 꾸려온 배낭을 풀었다. 놀랍게도 배낭 안에서는 김밥과 삶은 달걀이 나왔다. 학교 다닐 적 친한 친구가 이 마을에 살았어요. 자주 놀러 왔지요. 이 바닷가를 꼭 오려고 서울서부터 생각했지요. 나는 이들이 왜 버스를 타지 않았는지 그 이유를 짐작할 수 있었다.

이곳의 개펄은 돌이 많았고 단단했다. 몇몇 할머니들이 뭔가를 잡고 있어 물어보니 '개발'을 잡는 중이라 했다. 개발? 내가 의아해하자 나의 여행 도반들이 웃으며 '반지락'이라고 일러주었다. 바지락을 이곳에서는 '개발'이라고 한다.

나는 일행과 함께 일행의 추억이 어린 바닷가에서 김밥을 먹었다. 새벽녘에 서울에서 쌌다는 김밥은 아직 따스한 느낌이 남아 있었고 촉촉했다. 나는 삶은 달걀에 대해서 물어보았다. 어린 시절 소풍 갈 때 삶은 달걀을 가져갔잖아요. 우리도 소풍 가니까 김밥에 삶은 달걀에 사이다 싸 가자 했죠. 나는 그들과 함께 조금 미적지근하지만 톡 쏘는 맛이 감도는 사이다를 마셨다.

나는 1003번 지방도로에 들어섰다. 삼천포를 거쳐 충무로 가던 길에 몇 차례 들른 적이 있는 이 길의 입구를 그들이 아니었으면 놓쳤을지도 모른다. 영복 마을은 그 길의 초입에 자리하고 있다. 영원히 복된 마을, 나는 마을 이름에서 마을의 이력을 대충 짐작했다. 마을 안 느티나무 아래 몇몇 노인들이 담소하고 있다. 검은 빛깔의 안경, 목발, 손가락이 잘려 나간 손……. 천형이라고 하는 한센병(나병)의 후유증이 역력했다. 이곳에서도 나는 나의 도반들의 덕을 톡톡히 보았다. 일반인들의 출입이 많지 않은 이 마을에 드물게 찾아온 아름다운 아가씨들 탓에 그들은 마음의 경계를 허물고 쉬 이야기를 나눴던 것이다.

조희상 씨(81세)는 6·25 직후에 이 마을에 들어왔다.

대동아 전쟁에 출전 소집을 받았지요. 훈련도 다 끝나고 마지막 신검을 받는데 양성 반응이 나왔어요. 그래 전장터에 끌려가지 않았지요. 함께 훈련받은 사람들은 다 죽었지요. 한 명도 살아오지 못했어요……

조옹은 말꼬리를 흐렸다. 친구들은 다 죽고 살아남은 자신은 죽음보다 더 못한 삶을 이어나가고……. 그런 회한이 조옹의 주름살에 깊게 새겨져있었다. 보통학교에 다닐 적 그는 문학에도 관심이 있었다고 한다. 한하운의 시 「보리피리」와 「전라도 길」을 그는 여전히 기억하고 있다. 그 사람 시 참 슬퍼요. 남의 일인 듯 수더분하게 얘기하는 그의 목소리 사이로 가을바람 한 줄기가 지나간다. 40여 명의 환자들 중 그래도 조옹은 자신이 행복한 사람일 수 있다고 생각한다. 동갑인 박점이 할머니와 지난 56년간 함께 살 수 있었기 때문이다. 4년 지나면 회혼례를 올려야겠네요, 했더니 잇몸으로 환하게 웃으신다.

실안 마을의 바닷가에서 나는 다섯 명의 건장한 청년들을 만났다. 그들은 바다에서 막 건진 싱싱한 병어를 회 쳐 소주를 마시는 중이었다. 차를 멈추고 늑도로 들어가는 도선장을 물었더니 우선 회부터 한 점 하라 얘기한다. 그들이 내 도반에 눈독을 들였다. 나는 순순히 차에서 내려 그들이 상춧잎에 싸주는 회를 먹었다. 거제 삼성조선소에 다닌다는 그들은 내게 이 아가씨들을 소개해준다면 직접 늑도까지 사선을 몰아 데려다줄 수도 있다고 제의했다. 솔깃했지만 그 결정은 전적으로 내 도반들의 몫이었다. 도반들은 그들이 내민 병어회와 음료수 한 잔씩은 마셨지만 전화번호를 달라는 제의에는 웃음으로 대꾸했다. 그들과 함께 사진을 찍었다. 사진을 꼭 부쳐달라며 그들 중 한 명이 명함을 건넸으나 나는 그 명함을 잃고 말았다.

삼천포항에는 배들이 참 많았다. 바다에 배가 많은 것은 장꾼들이 법석대는 장날 풍경을 보는 것만큼이나 기분 좋은 일이다. 갈매기떼들까지 북적댄다면 더더욱……. 삼천포항에는 갈매기떼들의 모습은 보이지 않았다.

나는 기분이 참 좋았다. 나의 도반들이 기꺼이 나의 늑도행에 동행했기 때문이다. 배는 두 시간에 한 대꼴로 운항 중이었다. 밤에 삼천포항에서 건너편 늑도의 불빛을 바라본 추억이 몇 차례 있었다. 이 도시의 해안 언덕바지에 있는 관광호텔의 커피숍에서 바라보았던 늑도의 불빛은 꿈결처럼 아름다웠다. 언젠가 저 섬마을에 꼭 가야지 했는데, 오늘 그 뜻을 이룬 것이다.

삼천포항에서는 인근 무인도와 유인도를 잇는 연륙교 공사가 한창이다. 뱃길에서만 네 개의 다리가 보인다. 저 다리들이 다 이어지면 삼천포에서 섬과 섬 사이를 달려 남해도에 이르게 된다. 국도 3호선의 종점이 삼천포가 아닌 남해의 아름다운 작은 포구 미조가 되는 것이다. 한려수도의 새로운 관광 명소가 탄생할 터.

늑도에서는 많은 낚시꾼들이 내렸다. 섬사람들이 주낙 낚시 준비에 한창이다. 당연히 나는 늑도에 내려 조금 실망을 했다. 삼천

포 쪽에서 바라본 밤 늦도의 상상의 풍경과 현실의 풍경은 어느 정도 차이가 있다.

마을의 작은 고샅길을 다니다가 한 작은 초등학교를 발견했다. 삼천포초등학교 늦도분교. 운동장보다 훨씬 넓은 바다가 운동장 너머에 펼쳐진 그곳에서 나는, 내가 지금까지 보았던 팽나무 중 가장 아름다운 팽나무 한 그루를 보았다. 5백 년, 어쩌면 그보다도 더 나이를 먹었을지도 모르겠다. 일고여덟 개의 가지를 깊게 드리운 그 나무 아래 길게 누워 나무의 전신을 보았다. 도반들 또한 나무 아래 놓인 화강암 벤치 위에 몸을 누였다. 여름 벌레들의 울음소리가 다 사라지고, 반짝반짝 가을 물살들만 나무 이파리 사이로 밀려오는 고즈넉한 시간. 어쩌면 이 나무 아래 벤치는 나라 안에서 가장 책 읽기에 좋은 자리인지도 모르겠다.

내 도반들은 금세 한 무리의 아이들과 어울렸다. 함께 손을 잡고 언덕길을 오른다. 그곳에 한 대학의 박물관에서 발굴 작업을 하는 현장이 있었다. 청동기 시대의 패총 유적지 발굴 현장이다. 현장 책임자는 아이들과 내 일행에게 늦도의 유적지가 지닌 의미에 대해서 꼼꼼하게 설명해주었다. 무엇인가를 열심히 한다는 것만큼 아름다운 일은 없다.

저물 무렵 늦도에서 나오는 배를 탔다. 선착장에서 어디로 갈 거냐 물었더니 항구 맨 끄트머리에 있는 등대를 가리킨다. 그곳이 내 도반들의 마지막 여행지인 셈이었다. 그들은 이곳 등대 주위에서 고등학교 시절을 다 보냈노라 얘기했다. 틈만 나면 이곳 등대를 찾아와 책을 보고, 장래의 꿈을 이야기하고, 몇 번인가는 술을 마신 적도 있다고 했다. 나는 등대의 몸에 새겨진 낙서들을 읽어나가기 시작했다.

은서야, 여기가 가을 동화냐…… 경태 오빠를 많이 좋아해…… 여기에 널 버린다. 이젠 잊고 싶다…… 우리 우정 영원히…… 두렵기만 해요. 다시는 사랑을 못할 거 같아요…… 혜민아, 여기 온께 니가 너무 보고 싶다…… 현주 누나 다시 태어나도 누나만 사랑해요……. 이 세상 사람들 다 행복하세요…….

그곳에 이상한 힘이 있었다

동해바다 정자항에서

14번 국도를 타고 달리다 울산시의 외곽에서 어렵사리 31번 국도로 바꿔 타는 동안 몸은 궤짝 속에서 오래 견딘 생선처럼 피곤해졌다. 10킬로미터만 더 가면 싱싱한 동해의 파도소리를 들을 수 있을 거야. 무엇보다 길 위를 덮은 자동차의 행렬이 지긋지긋해졌다. 나는 양해를 구하고 조수석에서 잠시 눈을 붙였다.

이번 여행에 두 명의 동행이 있었다. 사진작가 안두용 씨와 시인 K. 한쪽 걸음걸이가 조금 불편한 듯싶은 안두용 씨의 사진은 늘 수수하고 소박하다. 연출한 흔적이 전혀 없이 삶의 풍경들을 고즈넉하게 바라본다. 역동적인 것들, 화려함, 기괴함, 키치……. 이런 것들에서 훌쩍 벗어나있는 그의 파인더의 풍경은 그래서 더 인간적이다. 초면일 적 그의 말소리는 미소만큼이나 조용했다.

K는 나의 제자였다. 대학을 졸업하고 얼마 동안 고등학교의 국어 교사를 한 적이 있었는데, 그때 그는 내가 담임한 학급의 학생이었다. 말수가 적었고 그늘이 조금 있던 학생, 그는 내게 그런 모습으로 남아있다. 그런 그가 국어국문학과에 진학을 하더니 시 공부를 하고, 어느 날 시인이 되어 내 앞에 나타났다. 곁에는 눈빛이 초롱한 산오디 같은 아가씨가 서있었다. 그는 내게 주례를 서달라고 했다. 나는 고개를 저었다. 나이가 마흔이 되려면 두세 해는 남아있었고 무엇보다 인생의 됨됨이, 성실성, 진지성들에서 나는 결함투성이였다. 목포의 한 바닷가 예식장에서 그는 식을 올렸고 오랫동안 소식이 끊겼다. 간혹 몇몇 잡지사 일을 본다는 얘길 들었고, 지난해 문득 나를 찾아온 그는 내게 원고 청탁을 했다. 그 자리에서 나는 그가 이혼을 했다는 얘길 들었다. 둘 다 착하고 성실해 보이는 영혼들이었는데…… 무엇 때문

에⋯⋯. 힘들었을 결정 뒤에 그에겐 '해솔'이라는 예쁜 이름의 딸이 남았다.

허 허리 허얼 차!

허 허리 허얼 차!

나는 눈을 떴다. 차에서 내린 내 귀에 어릴 적 타작마당에서 들었을 성싶은 노동요의 후렴구 같은 소리가 연신 들려왔다. 소리는 사람들이 야단법석으로 모인 선창을 따라 길게 이어졌다.

멸치잡이배였다. 그곳에 이상한 힘이 있었다. 배는 만선으로 포구에 돌아왔다. 뱃전 가득 멸치들이 쌓여있었다. 유자망 그물에 걸린 멸치떼들을 털어내기 위해 7, 8명의 선원들이 한 줄로 늘어서서 그물 자락을 후렴에 맞춰 털어내는 것이다. 허 허리 허얼 차! 빠른 4박자의 리듬에 맞춰 그물코에 매달려있던 멸치들이 뱃전으로 쌓여가고 어떤 멸치들은 선원들의 머리 위를 날아 반대편 길바닥에 떨어지기도 했다. 바로 그 순간, 관광객으로 보이는 사람들이 검정 비닐봉지에 잽싸게 멸치를 주워 담았다. 어떤 아주머니의 봉지는 큰 생선 몇 마리를 넣은 듯 붕싯거렸다. 모여들기는 갈매기떼도 마찬가지였다. 비닐봉지를 지니지 못한 갈매기들은 뱃전 밖으로 튀어나온 멸치들을 낚아채 공중으로 날아갔다.

허 허리 허얼 차! 선원들의 빠른 손짓과 후렴 소리는 그런 풍

경들 속으로 계속 이어지고…… 다음 배도, 그다음 배도……. 선창에는 열 척이 넘는 20톤 내외의 멸치잡이배들이 늘어서서 멸치를 털어냈다. 배 한 척마다 선원들이 늘어서고, 그 주위로 무슨 꽃이파리처럼 사람들이 우 모여 서고, 멸치가 길 밖으로 튀어나오면 환호성을 올리고, 갈매기떼들이 카퍼레이드의 색종이처럼 펄럭이며 날고……. 나는 이런 풍경이 한꺼번에 마음에 들었다. 사람이 모여들어 아름다운 곳은 시장 풍경뿐이라고만 생각했는데 멸치배의 그물 터는 풍경이 하나 더 늘었다.

나는 사람 틈 사이를 비집고 다니며 멸치배의 그물 터는 풍경 속에 내가 지닌 가장 따분하고 어리석었던 시간들을 날려 보냈다. 길 위에 길게 늘어섰던 차량들아 미안해. 차 속에 앉아 가다 서다를 반복하던 눈빛의 사람들 또한 미안해. 당신들이 힘들게 길 위에 앉아 뻥튀기를 먹고 오징어다리를 깨물던 시간들 뒤에 이런 싱싱한 풍경들이 기다리고 있는 줄은 몰랐지. 미안해. 어디선가 다시 길게 길게 늘어서있는 사람들의 모습을 보면 다시는 짜증 내지 않을 거야. 나 또한 그 대열 맨 뒤에 차를 대고 무슨 풍경이 기다리나 꼭 보고 말 거야. 영감들이 은회색 멸치빛을 띠고 사람들 속을 붕붕 날아다녔다.

나는 마침 쉬고 있는 한 어부에게 다가갔다. 스무 살쯤 됐을까. 담배를 깊게 빨고 있었다.

"어디서 멸치를 잡나요?"

"대변 앞바다요."

"많이 잡힌 건가요?"

"보통."

대변이 어디냐고 물으니 기장 앞바다라고 한다. 부산 해운대 바로 위, 짧은 응답 뒤 그는 다시 그물 곁으로 갔다. 멸치 살점들이 온몸 가득 튀겨져있었으나 그의 눈빛은 맑았다. 젊은 영혼이여, 이 힘든 노동의 시간들이 부디 그대의 앞길에 놓인 싱싱한 파도가 되기를…… 두려움 없이 세상을 향해 나아가는 거칠고 순결한 몸짓이 되기를…….

나는 조금 더 나이 든 어부를 찾았다. 세월의 골이 깊게 팬 한 어부가 물을 마시는 곁에 나는 쪼그리고 앉았다. 플라스틱 병에 '동해 다방'이란 매직 글자가 선명했다. 그는 거푸 두 잔의 물을 마셨다. 동해 다방에서 나왔을 것이 분명한 붉은 스웨터를 입은 아가씨가 물을 따라주었다.

"한 배의 어획량이 얼마쯤 되죠?"

"5백만 원."

그는 아주 알기 쉽게 대답했다. 어림하기 힘든 몇 톤이라는 대답보다는 5백만 원이 훨씬 알아듣기 쉽잖은가. 연륜은 사물의 핵심에 가장 빠르게 도달하는 길의 이름이다.

"얼마 동안의 작업이죠?"

"하루."

"몇 박스쯤 되는가요?"

"3, 4백 박스."

이삿짐을 나를 때 쓰는 노란색 플라스틱 박스를 본 적이 있을 것이다. 사내는 뱃전에 가득한 멸치의 물량을 그렇게 얘기했다.

한 박스당 경매 가격이 요즘 시세로 1만 4천 원 정도. 5백만 원이란 계산도 정확하다. 나는 그에게 어부들의 임금에 대해 물었다. 그는 임금 계산에 대해서 내게 비교적 자세히 얘기해주었다.

멸치배의 임금은 통상 한 철로 계산한다고 한다. 겨울 한 철 어로 작업이 끝나면 기본 경비를 제하고 난 액수를 선주와 선원이 일정 비율로 나누어 갖게 되는데 월로 따지면 2백만 원쯤의 소득이 될 거라 했다. 물론 선원들에게 선수금으로 얼마쯤의 돈이 미리 지급되고 나머지 액수는 어로가 끝난 뒤 계산된다고 한다. 빨간 스웨터의 아가씨는 다음 배로 건너가 물과 커피를 나눈다. 쭈그려 앉은 아가씨의 살빛이 드러난다. 힘든 하루의 노동이 끝나면 뱃사람들이 찾아갈 곳은? 나는 조금 불안해졌다. 노동하고 임금을 받고 그 돈으로 삶을 꿈꾸고. 단순하지만 이 규칙은 인간살이의 가장 소중한 풍경이다. 그런데 아주 허망하게 그 룰이 무너진다면……

해가 저물 무렵까지 멸치 터는 소리는 계속 이어진다. 새로 입항하는 멸치배도 보인다. 외지인들 중 시간에 여유가 있는 이들에겐 이 무렵이 또한 가슴 설레게 기다려지는 시간이다. 멸치구이. 이 따뜻하고 습기 많고 영양분 풍부한 음식을 먹어본 적이 있는지? 파도소리를 들으며 바닷바람 속에서.

번개탄 불 위에 석쇠를 얹고, 그 위에 살이 피둥피둥해 얼핏 꽁치 새끼쯤으로 보이는 싱싱한 멸치들을 얹은 뒤, 굵은 천일염을 고루 뿌린다. 그리고 화덕 주위에 쭈그리고 앉아 언 손에 군불을 쬐며 소주 한 잔씩을 나누는 것이다. 그리고 한 입, 두 입…… 아, 오늘 세상에서 제일 맛있는 음식이 멸치구이임을 새롭게 안다.

안 선생과 K, 나. 이렇게 셋은 아주 오래된 친구처럼 화덕가에 앉아 멸치구이 삼매경에 빠진다. 처음 굽기 시작할 때 두세 마리쯤 생각했는데 어느새 한 소쿠리의 멸치를 다 구워 먹었다. 소주 한 병을 곁들인 멸치구이의 가격은 7천 원. 넷이 앉아 실컷 먹을 수 있는 양이므로 이 가격은 가히 환상적이다. 방파제 주위에 모여 앉아 멸치구이를 먹는 사람들이 떠들썩한 이야기의 꽃을 피우고. 그들은 처음 본 사람들의 어깨 깃을 붙잡아 앉히고 소주 한 잔과 구운 멸치 한 마리를 입 안에 직접 넣어주기도 한다. 소주 좋아하고 세상살이 펼쳐내기 좋아하는 사람들에게 이 방파제 주위는 천국인 셈이다.

날이 저물었다. 객지에서 온 사람들의 발걸음은 끊기고 선창에
는 여전히 어부들의 그물 터는 소리가 끊이지 않는다. 대략 서너
시간이 걸리는 탓에 일찍 들어온 배는 그물 털이가 끝나고 지금
은 늦들어온 배들의 그물 털이가 한창이다.

숙소를 정하고 나와 K는 함께 바다로 나왔다. 동해 다방의 불
빛이 보인다. 우리는 동해 다방으로 걸음을 옮겼다. 선창에서 붉
은 스웨터의 아가씨를 보는 순간 이 방문은 예정된 것이었다. 다
방 안은 조금 떠들썩했다. 유자차를 따뜻하게 끓여 내온 아가씨
는 뜻밖의 이야기를 했다.

뱃사람들 일은 독하게 하는데 목이 말라도 마실 물이 없어요.
그 사람들 여기가 고향이 아니라 통영 사람들이거든요. 물 한잔
내놓을 뿐인데 너무 고마워해요. 물론 장삿속이 전혀 없지는 않
아요. 일이 끝나면 우리 집에 와서 차를 마실 때도 있으니까요.
술요? 그 사람들 일이 너무 힘들어 술 못 해요. 다음 날 새벽이
면 다시 멸치잡이에 나서야 하니까요.

얼핏 단정해버린 낮의 풍경들에 미안한 생각이 든다. 삶이란
때로 상상력의 허름한 그물보다 훨씬 파릇한 그물을 펼 때가 있
다. K는 그동안 있었던 일들을 내게 이야기했다. 딸아이와 엄마
가 지난주 다시 만났다고 했다. 삼 년 만의 만남인데 모녀는 한
사흘쯤 떨어졌다가 만난 사람처럼 금세 어울리더라는 얘기를 했

다. 그래서 조금 서운하기도 했노라고. 엄마와 딸은 밤을 새워 이 야기를 하고, 다음 날 쇼핑을 하며 딸아이가 코피를 줄줄 흘리면서도 너무 행복해했노라고. 그래서 자신도 덩달아 행복했노라고……

우리는 방파제 끝까지 걸어 나가 하늘의 별을 보았다. 정자항. 이곳 사람들은 이 포구를 '강동'이라고도 부른다.

대보등대 불빛 속에 쓴 편지

아름다운 포구 구만리

오후 내내 걸었습니다. 구룡포읍
에서 장기곶의 맨 끝 마을인 구만리로 가는 911번 지방도로는
파도소리가 싱싱하게 살아있는 길입니다. 동해안의 어촌 마을들
치고 파도소리가 귀에 부시지 않는 곳은 없을 터이나 석병리, 다
무포, 강사리로 이어지는 이곳 길 위에서 듣는 파도소리는 봄 언
덕에 무더기로 피어난 조팝나무나 산당화의 꽃 사태를 대하는

느낌이 있습니다. 꽤 많은 바닷가를 지나온 적이 있지만 파도소리가 꽃처럼 화사하게 피어나는 느낌을 받은 것은 처음입니다.

그중에서도 강사리에서 듣는 파도소리는 유독 맑고 고왔습니다. 나는 잠시 걸음을 멈추고 야트막한 언덕 위에서 수평선을 바라보았습니다. 때마침 한 사내가 지나가기에 붙들고 물었습니다. 왜 바닷가 마을의 이름이 강사리지요? 나이 오십쯤 되어 보이는 사내는 대뜸, 이곳 물빛이 강처럼 맑고 모래가 강모래처럼 고운 때문이오, 라고 말했습니다.

한 시간쯤 강사리의 파도들과 모래들 속에서 보냈습니다. 맑고 빛나는 것들이 이 세상에 있다는 것은 언제나 큰 기쁨입니다. 시, 사랑, 추억, 무지개, 들국화, 길, 시간……. 맨발로 파도와 모래들이 만나는 경계선을 따라 걸으며 나는 아주 오래전부터 내가 좋아했던 말들을 하나씩 생각했습니다. 어떤 파도들은 내 발등을 덮고 무릎 위의 옷을 적시기도 했습니다. 그 느낌이 오래 헤어졌던 친구를 맞이하는 것처럼 따뜻하고 포근했습니다. 나는 필경 고질병이 도지고 말았답니다. 그중의 한 파도에게 말했지요. 안녕, 나는 시 쓰는 사람이야. 짧은 여행 중에 있지. 시가 뭐냐고? 맑은 거지. 수평선 끝에서 빛나는 햇살 같은 거. 영원히 바닷물을 푸르게 하는 신비한 염료 같은 거. 파도들이 내 발등을 다시 스치고 지나갔습니다. 고통이나 싸움, 상처에 대해서 말하지 않은 것을 탓하지 마시길. 그 맑은 파도들의 눈빛을 대하면서 그런 쓸쓸한 생각을 할 수는 없었답니다. 대신 나는 시 한 구절을 그들에게 읽어주었습니다.

> 아름다운 사공 아가씨여
> 그대의 작은 배를 바닷가 언덕에 매어요
> 그리고 내 곁에 다정히 앉아
> 바다가 들려주는 옛얘기에 귀 기울여요
>
> ─하인리히 하이네,「귀향」부분

대보리에 닿은 것은 구룡포를 떠난 지 다섯 시간이 다 되어서였습니다. 삼십 리가 조금 넘는다고는 하지만 아주 게으르게 걸은 셈이지요. 짧은 길을 긴 시간을 들여 여행한 사람은 경험상 행복한 사람입니다.

이곳은 이웃한 구만리와 함께 나라 안에서 가장 먼저 해가 뜨는 마을로 알려져있습니다. 육지에서 맨 동쪽 끝 마을이라는 얘기지요. 대보리는 언제부터인가 호랑이 꼬리 마을 즉 호미리로 더 많이 불리게 됐습니다. 육당 최남선이 우리나라의 모습을 포효하는 호랑이의 모습으로 파악하고 장기곶을 호랑이 꼬리에 견준 데서 비롯된 지명입니다.

1801년 다산 정약용이 이곳 장기현으로 유배를 오게 됩니다. 일 년 가까이 이곳에서 머물던 다산은 곧 강진으로 유배지를 옮기게 되는데 그동안 쓴 시가 꽤 여러 편 남아있습니다. 「기성잡시(鬐城雜詩)」라는 시편에는 호랑이에 관한 기록도 남아있지요.

집집마다 나무 울타리 두 길이 넘고
마루 끝엔 그물 펴고 긴 창을 꽂아놨네
왜 이다지 방비가 심한가 물었더니
예부터 기성에는 호랑이가 사납다네

— 정약용, 「기성잡시 5」 전문

기성은 장기현의 옛 이름입니다. 대보리를 호미리라 불러도 좋을 역사적인 전거가 마련돼있는 셈입니다. 이곳 땅에 아주 잘생긴 등대 하나가 서있는 것을 아시는지요? 수십 리 밖 어두운 바닷길을 밝힌다는 이 등대의 불빛을 오래전부터 보고 싶었지요. 이번 여행의 목적이 바로 그것이었답니다. 밤을 새워 파도소리를 듣고, 등대의 불빛을 보고, 제일 먼저 육지에 닿아오는 아침 햇살을 맞고…….

아직 어둠이 오기 전의 등대를 바라보는 일은 조금 멋쩍습니다. 이름이 붙여지기 전의 꽃 같은 느낌이 들지요. 등대 바로 곁

에 등대 박물관이 있었으나 공사 중이어서 내부를 구경할 수는 없었답니다.

구만리는 아름다운 포구입니다. 선창으로부터 구만리장천의 동해바다가 시원스레 펼쳐져있지요. 이곳에서 참 많은 갈매기떼들을 보았습니다. 혹, 갈매기의 눈을 자세히 바라본 적이 있는지요? 처음 갈매기의 눈과 눈빛을 바라보던 순간의 경이를 지금도 잊을 수 없습니다. 보스포루스 해협의 한 작은 어촌 마을이었지요. 어슬렁거리며 선창을 배회하던 나는 금세 친구를 사귀었습니다. 갈매기들이었지요. 갈매기들은 해협 사이의 해류를 타며 아주 천천히 날았습니다. 그중의 몇몇은 선창가의 뱃전에 앉기도 했는데 사람이 가까이 가도 그닥 놀라는 빛이 없었습니다. 그때 내 눈에 띈 갈매기가 한 마리 있었지요. 녀석은 날갯짓을 한 번도 하지 않고 무려 3분 40초나 공중에 떠있었답니다. 그러고는 나와 가장 가까운 배의 이물 쪽에 내려앉았습니다. 그때 녀석의 눈과 눈빛을 보았지요. 깊은 지혜와 사랑에 충만된 현자의 눈빛.

일찍이 나는 사람을 포함한 모든 동물이 그런 눈빛을 할 수 있다고 생각한 적이 없었습니다. 아니, 딱 한 번 본 적이 있지요. 라빈드라나트 타고르……. 만년의 톨스토이의 눈빛 또한 강렬한 지혜의 빛을 뿜고 있었지만 봄볕처럼 따스한 느낌은 덜했지요. 그런데 갈매기라니…….

한동안 바닷가를 여행할 때면, 나는 갈매기를 찾는 버릇이 생겼지요. 그리고 세상의 모든 갈매기들이 다 동일한 눈빛을 지니고 있다는 것을 알았습니다. 먼 바다의 푸른빛, 동경, 긴 항해, 자유로운 비상. 그것들이 갈매기의 눈빛을 이룬 것은 아니었을는지요. 이승의 생명 있는 모든 것들의 눈빛이 갈매기의 그것을 담아낼 수 있다면…….

날이 완전히 어두워졌습니다.

편지를 쓰고 있는 이곳은 대보등대가 그대로 바라다보이는 한 여숙의 방입니다. 방의 거울에 이 집 주인이 '나라 안에서 해가 제일 먼저 솟는 집'이라는 광고 전단을 붙여놓았습니다. 나는 바다로 향한 창들을 열어젖혔습니다. 차가운 바닷바람과 함께 파도소리가 쏴 밀려옵니다. 서울살이에 지치고 지쳤을 때 바다가 보이는 여관방을 찾아가 창문을 다 열어젖히고 하룻밤 내내 파도소리를 듣고 나면 다시 서울로 회귀할 힘이 생긴다고 내게 일러준 이는 소설 쓰는 한승원 선생이었습니다.

그 순간 맞이하는 경이.

등대의 불빛이 밤바다에 빛의 꽃가루를 뿌려대기 시작합니다. 희고 따뜻하고 순수한 불빛……. 수평선 너머에는 고기잡이배들이 밝혀놓은 집어등 불빛들이 또 아늑하게 펼쳐져있습니다. 동해의 집어등 불빛들은 제 모습을 온전히 드러내지 않고 간접 조명

처럼 수평선 뒤에서 빛납니다.

예전엔
장미와 백합과 비둘기와 태양을
마음껏 사랑할 수 있었지요
그러나 지금은 아니랍니다
사랑하는 이여,
그대가 없는 세상의
장미와 백합과 비둘기와 태양은
내게 아무 의미가 없습니다

　　　　　　　―하인리히 하이네, 「서정적 간주곡」 부분

　등대의 불빛과 파도소리 속에서 하이네의 시집을 읽었습니다.
1949년, 동문사 서점 간행. 본문 종이가 모두 분홍빛으로 염색
된, 손바닥보다 조금 큰 크기의 이 촌스러운 시집을 처음 선물로
받았을 때 나는 그 선물의 의미가 무엇인지 알 수 없었습니다.
종이의 분홍빛 때문에 피식 웃었고, 유치한 번역투의 문장 때문
에 한두 편 시를 읽다 말고 그냥 덮었지요. 강사리에서 만난 눈
빛 착한 파도들에게 내가 읽어준 시가 바로 그때 읽은 시였지요.
시보다는 오히려, 노래로 만들어진 하이네의 시가 5천 곡이 넘으

며 「그대 한 송이 꽃처럼」이라는 시는 무려 255곡의 다른 노래들로 작곡되었다는 머리글이 인상적이었지요.

그것뿐이었습니다. 십 년이 지났지요. 그동안 나는 아무 정신도 없이 살아왔습니다. 몇 권의 시집을 내고 동화책과 산문집들을 펴냈지요. 그것들이 내 영혼, 내 정신의 지평과 어떤 관련을 맺었을는지……. 아무런 자신이 없다는 것을 이제야 알게 됩니다.

등대의 불빛이 어둠을 뚫고 지나갑니다. '불꽃이 튀지 않는 춤은 춤이 아니다'라고 책의 첫머리에 적어놓은 글을 봅니다. 십 년이 지났습니다. 시와 사랑과 추억의 아름다움에 대해서, 눈물과 고통과 쓸쓸함의 깊이에 대해서 이제 생각해도 좋은 시간이 온 것입니다. 산이 바뀌고 물길이 바뀌어도 여전히 변하지 않는 시간의 길이 있습니다.

산도, 이 산도 쉬어 가고

진도 인지리에서 남동리 포구로 가는 길

1989년의 1월 나는 옛 만주 땅을
여행했다. 40량은 족히 닿았을 성싶은 증기 기관차를 타고 광활
한 들판을 달리면서 나는 마치 과거로의 시간 여행을 하는 소설
속의 주인공처럼 차창 밖의 풍경에 젖어 들었다. 흰 눈을 수북수
북 인 초가지붕들. 그 위로 한가로이 솟아오르는 밥 짓는 연기들.
추녀 끝에 매단 옥수수 다발들. 나는 눈앞에 펼쳐지는 풍경들이

내 피 속에 기억된 어떤 풍경들과 동질의 온기를 지니고 있다는 것을 충분히 느낄 수 있었다.

그 여행의 종착지는 삼도향의 남도촌이라는 곳이었다. 50여 호의 집들이 백두산 자락에 모인 이곳 마을을 사람들은 '하늘 아래 첫 동네'라고 불렀다. 사람들은 내가 자신들의 마을을 찾은 첫 번째 남조선 사람이라 얘기했다. 나는 따뜻한 대접을 받았다. 그 대접은 내가 태어나고 자란 땅과도 일정한 연관이 있었는데 그곳 남도촌에 정착한 이주 1세대들의 고향이 대부분 전라도 땅, 그것도 남도 땅이라는 것을 나는 저녁의 잔치 자리에서 알았다. 남도촌. 나는 그제야 이 마을의 이름이 지닌 내력을 이해하게 되었다. 사람들은 내게 마을 위쪽에 북도촌이 있으며 창녕촌, 의녕촌과 같은 조선의 고향 이름을 딴 마을들이 존재한다는 사실을 일러주었다.

잔치는 밤늦도록 계속되었다. 술잔이 오가고 이야기꽃이 만발한 가운데 누군가가 스스럼없이 목청을 텄다.

산도 이 산도 쉬어 가고
저 산도 쉬어 가고
양우양산 쉬어 갈 때
동네방네 시름 저얼로 쉬어나 가고

나는 정신이 번쩍 들었다. 일흔이 다 된 노인의 목소리라고는 믿기지 않을 만큼 소리 힘이 굳세고 맑았다. 그리고 노랫말. 한없이 허허로운 그 노랫말 속에 풀, 바람, 별, 꽃…… 세상살이의 쓰고 달콤한 모든 기운이 스며있었다. 노인은 자신의 고향이 진도이며 자신이 부른 노래가 육자배기라고 얘기했다. 그리고 이어지는 노래와 춤판.

석탄 백탄 타들어 가는데
이내 가슴 타는 불은 끌 수가 없네
아리아리랑 스리스리랑 아라리가 났네
아리랑 흥흥흥 아라리가 났네

만주나 봉천은 얼마나 좋으면
꽃 같은 각시 두고 만주봉천 가는고
아리아리랑 스리스리랑 아라리가 났네
아리랑 흥흥흥 아라리가 났네

사람들은 모두 한 몸이 되었다. 집 밖에 쌓이는 눈과 집 안에 들어선 외양간의 쇠방울 소리. 백두산의 어둠과 산자락이 모두 한 몸이 되어 엉기고 뛰었다.

나는 그곳에서 육자배기 가락이 얼마나 고담한 것이며 진도아
리랑타령이 삶의 신명과 어떻게 어울리는지를 보았다. 진도대교
에서 나는 잠시 차를 멈추었다. 울돌목. 바람이 셌다. 차량이 끊
긴 한밤중 이곳에서 듣는 파도소리는 범상치 않다. 산도 이 산도
쉬어 가고, 저 산도 쉬어 가고……

만주에서 돌아온 나는 진도를 여행했다. 육자배기를 부른 노인
은 자신의 고향이 진도 어디인지를 기억하지 못했다. 일곱 살에
할머니와 할아버지까지 동반한 온 가족이 만주로 옮겼다고 했다.
노인은 자신의 집 추녀 아래 놓인 나무 절구통을 보여주었는데
그 절구통은 할머니가 고향에서부터 지니고 온 것이라 얘기했다.

나는 그 여행에서 노인의 고향 대신 노인의 격 깊은 소리의 한
근원을 만났다. 지산면 인지리에서였다. 마을 뒷산에 등 굽은 소
나무가 한 줄로 늘어선 마을 풍경은 얼핏 범상해 보였다. 그곳에
서 나는 조공례라는 조금 특이한 이름을 지닌 할머니와 조우했
다. 소리를 듣고 싶어요. 먼 소리? 육자배기랑 진도아리랑타령이
랑. 세상없어도, 만금을 주어도 하기 싫은 사람 앞에서는 소리를
않는다……

할머니는 내게 양홍도라는 이름의 한 할머니 얘기를 해주었
다. 육자배기랑 진강강수월래랑 진국이었제. 그 양반이 소리를
하면 인지리 뒷산 솔숲 소리도 다 숨을 죽였어. 소리신이 몸을

빌려 살다 갔는지도 몰라. 병들고 늙어서는 노인네가 이불에 불을 붙이고 그 이불을 둘러쓰고 훨훨 춤을 추며 세상을 떠났지. 소리가 참 슬프고 맑았어.

지금 생각하면 조 할머니의 얘기는 한 천재의 삶에 대한 동경과 예의에 다름 아니었다. 전의(專意). 얘기를 마친 할머니가 소리를 뽑기 시작했다. 양홍도 할머니의 얘기를 듣던 때의 긴장감이 구체적인 현실로 내 몸을 감싸기 시작했다.

고나헤~
내 정은 청산이요
임의 정은 녹수로고나
녹수야 흐르건만
청산이야 변할쏘냐
아마도 녹수도 청산을 못 잊어
빙빙 돌아를 가는 고나헤~

육자배기 가락이었다. 할머니는 소리를 하는 도중 두 번쯤 내 눈에 눈을 맞추었는데 나는 형형한 그 빛을 감당하기 힘들었다. 깊이를 짐작하기 힘든 심연. 입이 아닌 눈에서 할머니의 소리가 나오는 것처럼 느껴졌다. 할머니가 눈을 지그시 감은 동안 할머니의 큰 귀가 눈에 들어왔다. 맑고 잘생긴 귀였다. 순간 나는 할머니의 소리가 또한 그 귀에서 쏟아져 나오는 것처럼도 생각되었다.

할머니의 소리는 산타령과 상사소리를 거쳐 만가에까지 거침없이 이어져 내렸다.

에~헤 에헤헤야
어~허 어허허허 어어야허
북망 산천 멀다고 하더니
건너 안산이 북망이로구나
에~헤 에헤헤야
어~허 허허허 허허허어허~

한없이 쓸쓸하고 한없이 포근한……. 언어가 빚어지기 이전의 감정의 바람들이 이승의 시간들을 들쑤시고 지나갔다. 영감 이전의 또 다른 영감의 세계. 소리하는 할머니의 입술에 내 눈길이 오래 머물렀다. 할머니의 윗입술 양쪽에는 길이가 1센티미터는 족히 될 두터운 살점들이 도드라져있었다. 그 살점들은 심산의 바위처럼 오래전부터 그 자리에 굳어있어서 할머니의 소리들이 이승으로 첫 나들이를 할 때의 신비한 속삭임을 증폭시켜주는 역할을 하고 있었다. 할머니는 그 입술의 내력에 대해 내게 설명

을 해주었다. 할머니의 남편은 할머니가 소리꾼으로 섬 안을 휘
돌아다니는 것을 싫어했다. 참혹함이여. 그 여행에서 돌아온 후
나는 한 편의 시를 썼다. 아니 할머니의 얘기가 그대로 한 편의
시가 되었다.

> 진도 지산면 인지리 사는 조공례 할머니는
> 소리에 미쳐 젊은 날 남편 수발 서운케 했더니만
> 어느날은 영영 소리를 못하게 하겠노라
> 큰 돌맹이 두 개로 윗입술을 남편 손수 짓찧어놓았는디
> 그날 흘린 피가 꼭 매화꽃잎처럼 송이송이 서럽고 고왔는디
> 정이월 어느날 눈 속에 핀 조선 매화 한 그루
> 할머니 곁으로 살살 걸어와 입술의 굳은 딱지를 떼어주며
> 조선 매화 향기처럼 아름다운 조선 소리 한번 해보시오 했
> 다더라
> 장롱 속에 숨겨둔 두 개의 돌맹이를 찾아와
> 이 돌 속에 스민 조선의 핏방울을 꼭 터뜨리시오 했다더라.
> ──「조공례 할머니의 찢긴 윗입술」 전문

나는 잠시 조공례 할머니의 집 뜰에 서서 마을 뒷산을 바라보
았다. 빈집은 쓸쓸하다. 1997년 4월. 할머니도 세상을 떴다. 세상

을 떠나기 직전 할머니는 한 장의 음반을 남겼다.

〈조공례의 대지의 창〉이라는 이 음반에는 늦은 시나위, 방아타령, 진도 다시래기, 구음 시나위가 차례로 실려있거니와 거기 실린 할머니의 흑백사진은 할머니에 대한 그리움을 잠시 접고 내 입가에 미소가 떠오르게 한다.

할머니는 내가 쓴 글과 시 때문에 조금은 곤욕을 치렀던 듯하다. 할머니를 찾아온 사람들은 어김없이 할머니의 입술에서 할머니의 남편이 남겨놓은 상처를 확인하고자 했다. 할머니는 그것이 부끄러우셨던 모양이다. 사진에 나온 할머니의 입술에는 굳은살의 흔적이 깨끗이 지워지고 없다. 사실, 할머니가 사진을 찍기 전 나는 할머니의 모습을 본 적이 있다. 진주에서 온 답사팀과 함께 할머니를 찾았더니 할머니의 입술이 옛 입술이 아니었다. 할머니 뭐 하러 수술을 하셨어요? 얼마나 예쁜 입술인데. 나는 속으로만 그렇게 중얼거렸다.

마을 뒷산에 누운 할머니의 무덤에는 몇 줄기의 바람만 마른 풀을 흔들고 있다. 할머니 저 왔어요. 할머니 이쁜 소리 들을라고요. 이쁘긴 뭐가 이뻐. 촌년이 소리 좀 허니까 곱게 봐주는 거지. 베토벤이랑 모차르트 아세요? 그 사람들 아주 유명한 음악가들이거든요. 나도 그 사람들 음악 좋아해요. 그런데 산기슭에 노는 바람 소리는 할머니 소리에서만 들려요. 햇살이 쏟아지는 모습이랑 풀들이 춤추는 모습이랑 흙냄새도요……

나는 남도 석성이 자리한 남동리로 길을 잡았다. 인지리가 내게 비범한 예술가들의 혼의 느낌으로 남아있다면 남동리 쪽은 평범한 예술가들의 소박한 마음결로 남아있는 땅이다. 그래서 그곳으로 향하는 내 발걸음은 고향을 찾아가는 것처럼 늘 포근하다.

그곳에는 내가 조공례 할머니를 만날 때부터 알기 시작한 내 친구들이 몇 살고 있다. 칠십, 팔십이 넘은 그분들을 친구라고 부르기에 어색하고 미안한 마음이 적지 않으나 만나는 순간 그런 생각들은 개펄의 구멍 속으로 쏙 들어간 꽃게처럼 사라지고 만다. 김생임, 안성단, 김봉길. 친구들의 이름이다.

김생임 할아버지는 나이를 숨긴다. 동네 최고령인데도 웃는 모습은 앳된 소년 같다. 할아버지는 젊었을 적 조공례 할머니 집에서 소리머슴을 산 적이 있다. 3년쯤. 진도에서는 소리를 배우기 위해 소리 좋은 집에서 머슴을 사는 것이 드물지 않은 일이다. 옛 주인집 딸 조공례 할머니에 대한 정은 각별하다. 진도에 큰 별이 졌어, 라고 조 할머니의 죽음을 안타까워한다. 조 할머니도 그에 대한 애정이 적지 않았다. 할머니는 뵐 때마다 남동리 그 노인은 잘 계시남? 하고 내게 물었고 나는 그런 할머니와 함께 동행이 되어 남동리를 꼭 찾았던 것이다.

안성단 할머니도 일흔이 훌쩍 넘었다. 언젠가는 내일 진도에
갈게요, 하고 연락을 드렸더니 다음 날 뜨끈한 인절미를 막 쳐놓
고는 기다리고 있었다. 그러고는 물때가 맞았으면 낙지 몇 마리
도 잡았을 텐데, 하고 아쉬워한다. 해 바뀌어 찾아온 친구를 위
해 나이 든 내 친구들은 부산히 몸을 움직인다. 장구를 내오고
삶은 돼지고기도 한 접시 소주병과 더불어 내오는 것이다. 장단
은 목을 다쳐 소리를 할 수 없는 김봉길 할아버지의 몫이다.

고나헤~
서산에 해 떨어질 제 전송을 갈거나
인적 소리 나기로 벗님 왔나 창 열고 보니
벗님은 아니 오고 어떤 실없는 애놈들이
소를 몰고 가는구나

육자배기는 철저히 윤창을 원칙으로 한다. 판에 모인 모든 사
람들이 '고나헤~' 하는 후렴구를 돌려받으며 자신만의 감정과
세상살이의 이력을 표현해내는 것이다. 삶의 눈물과 한, 이별의
슬픔과 사랑의 기쁨 들을 두루 경험하지 않고서는 육자배기가
마련한 소리마루에 접근할 수 없다. 우리 같은 뜨내기 외지인은
흉내 내기 언감생심의 경지인 것이다.

그래도 그들이 소리할 때면 나는 '좋으요, 정말 좋으요' 하고 엉터리 추임새나마 메길 여유가 생긴다. 조 할머니 소리 곁에서는 어림없는 일이다. 나는 동무들을 모시고 석성 밖의 산으로 올라간다. 석성 밖 작은 개울에 돌로 짜 만든 두 개의 홍교를 바라보며 걷는 여유로움은 이 마을만이 갖는 포근한 정취다. 왜구들을 막기 위해 성을 쌓을 때 함께 만들어진 다리. 진도 사람들은 그때도 역시 자신들만의 삶의 소리를 지녔을 것이다. 때론 유형적인 것이 무형의 그 무엇보다 존재의 그림자를 길게 드리울 수 있다.

햇볕이 잘 드는 언덕에 앉아 나는 내 주름살 많고 볕에 그을린 나이 먹은 동무들과 함께 바다를 본다. 물살들이 파란 실금을 그으며 육지 쪽으로 다가오는 것이 보인다. 육지에 닿은 물살들이 소멸해가는 것처럼 존재하는 그 모든 것은 스러져간다. "볕이 참 좋아. 그 사람 소리 한번 들었으면 좋겠어." 나이 제일 많은 동무가 그렇게 말했다. 나는 그 말이 무슨 뜻인지 알아들을 수 있었다. 산도, 이 산도 잠시 쉬어나 가고…….

2부

절망한 것들이 날아오를 때

묵언의 바다

순천만에서

    저문 시간이면 순천만에 나간다.
눈앞에 펼쳐지는 너른 개펄이 좋고 개펄 냄새를 이리저리 신고
다니는 바람의 흔적이 좋다.

    키 넘게 훌쩍 자란 갈대숲. 갈대들의 목은 꺾여있다. 모두 같은
방향이다. 바람은 가끔씩 갈대숲 사이로 들어온다. 그럴 때 갈대
들은 자신의 내면 안에 숨긴 낡고 오래된 악기의 소리를 낸다. 어

디로 갈까……. 고개 숙이고 끝없이 걸어가는 갈대들의 행렬은 순례자의 그것을 닮아있다.

바람은 순례자의 옷깃을 흔들고, 일찍 도착한 철새 몇 마리가 순례자의 이마 위를 선회한다. 시베리아로부터의 먼 비행을 거친 그들의 날갯짓은 은빛으로 빛난다. 조류학자들이 먹이를 위해 혹은 번식을 위해 새들은 먼 여행을 하는 것이라고 얘기할 때, 나는 고개를 젓는다. 어쩌면 그보다 더 형이상학적인 이유가 있을 거라 믿기 때문이다.

생각해보라. 당신 같으면 단지 부족한 식량 때문에 먼 산과 강을 넘어 수천 수만 리의 여행을 하겠는가. 그것도 눈앞에 닥친 기아가 아닌 얼마 후의 미래를 예측하고…….

미래를 위한 시간, 미래를 위한 비행. 거기에는 일정 부분 짙은 꿈의 냄새가 배어있다. 오랜 세월 동안 새들은, 자신들의 생명과 맞바꿀 만한 가혹한 비행을 통해 스스로의 유전자 내부에 꿈에 대한 기록들을 저장하고, 그 추억들은 쌓이고 쌓여 설령 지금보다 가혹한 삶의 현실이 지상에 도달하더라도 그것을 극복해낼 힘을 갖추는 것이다. 가혹한 자연의 재앙에 부딪쳤을 때 인간이 저 새들보다 자유로울 수 있을 것인가.

순간, 새 한 마리가 '끼룩' 하는 울음소리 하나를 떨군다. 그 울음소리로 사방은 더욱 고요해진다.

나는 갈대밭과 개펄이 만나는 맨 끝 지점까지 걸어 들어간다. 해는 다 졌지만 해의 숨결은 여전히 짙다. 하늘에는 노을이 장관이다. 모르는 사람은 서편 하늘에만 노을이 빚어질 거라 생각할 것이다. 그렇지 않다. 동쪽과 남쪽, 북쪽 하늘 모두 노을이 진다. 형형색색의 노을을 보고 있노라면 그 섭리의 이면이 문득 궁금해진다.

그러나 순천만의 노을이 하늘만 다 채운다고 생각하면 그 또한 단견이다. 노을은 땅 위에도 진다. 땅, 정확히 표현하자면 개펄이다. 개펄 위에는 썰물들이 남기고 간 작은 웅덩이들이 남아있다. 그 웅덩이 위에 노을이 살아 뜨는 것이다.

처음 그 노을을 보았을 때 나는 개펄 위에 무릎을 꿇었다. 그러고는 두 손 가득 웅덩이의 물을 담았다. 함께 모은 내 두 손바닥 안에서도 노을이 떴다. 세상의 모든 보석들의 광휘를 용해한 것 같은 그 빛……. 나는 그 빛의 섭리에 대해서도 생각해본다.

노을빛이 다 스러지고 난 뒤 갈대밭은 어둠에 잠긴다. 아름다운 노을이 펼쳐진 뒤의 저녁 어둠은 부드럽다. 자세히 보면 푸르스름한 쪽빛의 기운이 어둠 속을 흐른다. 작은 파도도, 새들의 날갯짓도, 갈대들의 꺾인 목도 다 보이지. 이 신비하고 고요한 어둠의 시간이 나는 좋다. 단순한 어둠이 아닌 낮 동안 이 개펄과 바다 위에 꿈을 부린 많은 생명체들의 영상이 그 어둠 속에 새겨져

있기 때문이다.

멍하니 어둠을 바라보고 앉아있다가 나는 피식 웃는다. 몇 줄의 시를 생각하고 있는 나를 보았기 때문이다. 생각하면 세상에 태어나서 내가 할 수 있는 일이란 오직 시 쓰는 일 한 가지뿐이었다. 남들이 다들 감동하는 좋은 시들을 쓴 것도 아니지만 못생기고 허름한 그 시들을 쓰는 시간들이 내겐 행복의 시간이었다. 이곳 바다에서 만난 철새들의 먼 비행. 내 시 쓰기가 그런 비행의 흔적을 조금쯤 닮았으면 하는 생각을 하면서 나는 부끄러워진다.

요즘 나는 시를 쓰지 못한다. 어디선가 날개가 꺾였기 때문이다. 어디선가, 어디선가……. 나는 그 장소를 알고 있다. 정확히 얘기하자면 그 날개는 내 숨은 의지에 의해서 꺾인 것이다. 삶을 위해 삶의 가장 소중한 빛을 지워버린 것이다. 바라볼수록 쓸쓸한 그 빛…….

이럴 때 순천만의 하늘 위에는 무수한 별빛이 빛난다. 과거를 회상하는 버릇은 가슴 안에 깊은 말뚝을 지닌 모든 슬픈 짐승들의 운명 같은 것이다. 줄에 매달린 염소처럼 그들은 말뚝에 매인 밧줄 바깥의 세상으로는 나갈 수 없다.

시 쓰기에 빠져들던 문학청년 시절, 내게 가장 행복했던 시간들은 아무 말도 하지 않고 보름씩, 한 달씩 지낸 시간들이었다.

어떤 경우에는 세 달쯤 말을 않고 지낸 적이 있다. 내 몸 안의 가장 든든한 기둥 위에 '묵언'이라는 패찰을 드리워놓고 세상을 바라보던 시간들. 온전히 내 자신을 위해서만 열려있던 시간들. 타인의 꿈과 욕망에 아무런 방해를 주지 않으면서도 나의 길로 뚜벅뚜벅 걸어 들어갔던 시간들.

한없이 고요했던 그 시간들 속에서 나는 세상 속으로 들어가는 법을 배웠다. 나의 시들이 천천히 날갯짓하는 것을 보았고 가능한 한 그 날갯짓이 더욱 격렬해지기를, 세상에 대한 더 깊은 연민과 지혜와 열정을 지니기를 나는 바랐다. 그리하여 내 시가 어떤 사랑스럽고 순정한 광기의 언덕에 이르러 고단한 날갯짓을 멈추기를, 그곳에서 여유롭게 비행하며 새로운 언덕을 다시 꿈꾸길 바랐던 것이다. 그 무렵의 내게 침묵은 날개의 다른 이름이었다.

불빛들이 빛나기 시작한다. 저 불빛은 화포의 불빛이고, 저 불빛은 거차의 불빛이며, 저 불빛은 와온 마을의 불빛이다. 하늘의 별과 순천만 갯마을의 불빛들을 차례로 바라보며 나는 어느 쪽이 더 아름다운가 하는 싱거운 생각에도 잠겨본다.

당신 같으면 어느 쪽을 선택할 것인가. 나의 선택은 마을의 불빛들이다. 불빛들은 갓 핀 다알리아 꽃송이처럼 싱싱하다. 세 칸 집 안에 사는 사람들의, 꿈과 노동과 상처와 고통의 시간들의 은

유이기도 하다. 아름다움보다는 쓸쓸함이, 기쁨보다는 아쉬움의 시간들이 훨씬 많았을 텐데도 그들은 말없이 불을 켜고 지상의 시간들을 지킨다. 어떤 불빛들은 밤을 새우기도 한다.

그럴 때 마을의 집들은 자신의 내면 안에 형형색색의 등을 켜고 하늘로 날아오른다. 샤갈의 그림에 나오는 꿈, 염소와 새들과 초승달과 어린 남매와 할머니가 함께 날개를 달고 초록빛 어둠 속으로 날아오르는 꿈.

운동회 날 풍선처럼 두둥실 날아오르는 그 집들을 보며 나는 박수를 친다. 그러고는 날이 선 낫으로 그 집들에 매달린 끈을 하나씩 끊어버린다.

훨훨 날아가렴. 또 다른 어딘가에 마을을 이루고 새로운 꿈을 꾸렴. 그래, 나도 언젠가 그 마을에 이르러 새로운 날들의 시를 쓸 테니…….

사방은 고요하다. 나는 갈대숲 사이를 걸어 다시 내가 사는 도시 속으로 돌아온다. 그럴 때 나는 종종 안드레아 보첼리의 노래를 듣는다. 아무것도 볼 수 없음으로써 모든 것을 볼 수 있는 가능성의 세계. 침묵함으로써 모든 욕망과 영혼의 본질 속으로 여행할 수 있는 시간들.

나는 내 꺾인 날개를 소중하게 바라본다. 고요하게 살아있는 순천만의 모든 생물들, 그들의 꿈, 삶의 지혜들……. 스무 살 적,

시에 젖어 들던 그 침묵의 시간들 속으로 나는 다시 걸음을 옮기기 시작하는 것이다.

화포에서 만난 눈빛 맑은 사람들

비 오는 개펄에서

　　　　　　　안녕, 이정표 앞에 멈춰 선 나는
눈인사를 한다. 낯선 마을들의 이름이 적힌 이정표 앞에 섰을
때 여행자는 그 마을의 이름 앞에서 어떤 영감을 느낀다. 새로운
삶, 시간, 언덕, 풍경, 꽃, 흙냄새…… 녹색 바탕에 흰색의 페인트
로 적힌 마을들의 이름 속에는 그 마을의 과거와 현재, 사랑과
추억의 모든 싱싱하고 쓸쓸한 풍경들이 배어있다. 녹물이 조금

배어있다 한들 어찌 그 이정의 문신 앞에서 인사를 하지 않을 것인가. 그러므로 모든 여행자들은 이정표 앞에 서서 가장 행복한 순간의 눈빛을 지니게 된다.

순천에서 벌교로 가는 17번 국도 변에 선 이정표에서 화포라는 이름을 처음 발견했을 때는 어느 봄날이었다. 고정관념의 숲들이 머릿속에서 일어서기 시작했다. 오죽 꽃이 많이 피었으면 그리 이름을 지었을꼬. 고마워. 네 덕분에 새로운 마을 하나를 만날 수 있을 것 같아. 나는 화포로 길을 들어섰다.

여행자가 새로운 길에 들어섰을 때 가장 기분 좋은 경험 중의 하나는 그 길에 아무런 인식표가 달려있지 않다는 것을 아는 순간이다. 그 흔한 세 자릿수의 지방도로 번호마저도 지니지 못한 길. 그 길은 분명 인적의 소통이 뜸한 길이며, 그래서 여행자는 호젓하게 자신만의 풍광을 즐길 수 있고, 더러는 마음 편하게 길에서 만난 아낙네나 촌로들에게 자동차의 빈 자리를 내줄 수도 있다. 그뿐인가. 그 길이 지닌 추억의 이정이 어느 순간 자신의 마음속 풍경과 맞아떨어지는 순간이면 그 길에 지금껏 누군가 붙여보지 않은 멋진 이름을 붙여주어도 좋은 것이다.

처음 화포에 들어서던 날, 바다가 배경으로 깔린 그 길 위에서 초등학교 4, 5학년쯤 되어 보이는 아이 둘을 만났다. 둘은 보리피리를 불며 걸어가고 있었다. 학교가 파하고 집으로 돌아가는 길.

아이들이 손을 흔들었다. 그 나이의 나는 집으로 돌아가는 길이 없었다. 언덕 위에서 한때 내가 살았던 집이 있는 마을을 바라보다가 해가 저물었다. 집이 어디니? 바래다줄게. 아이들은 자신들이 사는 마을을 손가락으로 가리켰다. 그러고는, 그냥 걸어갈 거라고 했다. 얘기를 더 하고 싶었던 나는 아이들의 보리피리를 가리키며 물었다. 그거, 어떻게 만드는 거니? 나는 차에서 내려 두 아이와 함께 보리밭으로 걸어갔다. 한 아이가 열심히 보리피리 만드는 법을 일러주었고, 나는 열심인 수강생이 되어 이미 오래전에 내가 익힌 방법과 똑같은 방식으로 이루어진 보리피리를 불었다. 몇십 년이, 혹은 그보다 훨씬 많은 시간이 흘러도 변하지 않는 것들이 있다. 그것들이 어쩌면 우리들의 삶을 영속시키는 힘인지도 모른다. 보리피리를 불며 아이들은 돌아갈 그리움의 시간이 있다. 그 그리움이 쌓이고 쌓여 아이들은 새로운 세상을 만나고, 어떤 힘들고 추한 시간들과 부딪쳤을 때 스스로 그것들을 홀홀 털고 일어설 힘을 지니게도 될 것이다. 나는 그 길에 '보리피리 길'이라는 이름을 붙였다.

화포에 들어서서 나는 두리번거렸다. 어디에 꽃이 피어있지? 꽃은 보이지 않았다. 너무 그리워한 탓일까. 한 촌로에게 물었다. 왜 이름이 화포지요? 노인은 그 이유 대신 옛날 이 마을의 이름이 '쇠리'였다는 얘길 했다. 쇠리. 쇠는 소의 이쪽 방언이다. 소마을. 듣고 보니 노인의 말이 맞았다. 마을은 편하게 앉아 되새김질을 하는 소의 형상을 닮았다. 그런데 왜 화포로 바뀌었을까. 넓은 개펄이 펼쳐져있었다. 개펄의 여기저기에서 무엇인가를 채취하는 사람들의 모습이 보였다. 무엇을 캐는 거지요? 노인은 맛조개를 캔다고 했다. 나는 그 맛조개를 보고 싶었다. 사람들은 해가 다 지고 어두워질 무렵에야 개펄에서 나왔다. 개펄을 뒤집어쓴 채 나온 사람들은 모두 아낙들이었다. 얼굴들에 깊은 세월의 주름살이 박혀있었다. 아낙들은 개펄 위에서 자신들이 잡은 맛조개를 저울 위에서 계량했다. 난장처럼 떠들썩한 그 풍경이 마음에 들었다. 저 사람들, 한겨울 아주 추울 때를 빼고는 일 년 내내 일을 하지요. 아주 독한 사람들이오. 마을 이름을 얘기해준 촌로가 거들었다. 그 순간, 어쩌면 화포에서의 꽃은 이 아낙들이 아닐까 하는 생각이 우련 들었다. 보길도 앞 노화도의 이름도 윤선도의 세연정 공사에 참여한 아낙들을 지칭한 것이라 하지 않았던가. 그때, 순천만 맞은편 갯마을들의 불빛이 내 눈에 들어왔다. 촉촉하게 젖은 불빛들은 지상의 어떤 꽃보다도 더 아름다워 보였다.

다시, 화포에 왔다. 빗방울 사이로 개펄 내음이 강하게 풍겨온다. 우산을 펴고 화포의 선착장을 거닐며 나는 혼자 피식 웃었다. 지난 봄날 한 촌로의 말이 떠올랐기 때문이다. 저 사람들, 무서운 사람들이오. 일 년 열두 달 거의 쉬는 날 없이 맛을 캔다오. 물이 빠진 넓은 개펄에는 사람의 흔적이 없다. 장마 뒤끝이라지만 빗방울들이 만만치 않다. 이런 날까지 개펄을 뒤집어쓰고 일을 해야 한다면……. 돈도 좋고, 부지런함도 좋은 일이지만 아무래도 그쪽은 덜 인간적일 것 같다.

마을 끝에는 옛날 당산나무로 마을 사람들이 신성히 여겼을 것 같은 팽나무 한 그루가 서있다. 지난번의 방문 때에는 이 팽나무를 보지 못했었다. 팽나무 쪽으로 천천히 걸어가던 나는 마을이 끝나는 쪽, 그러니까 팽나무의 뒤쪽으로 펼쳐진 또 하나의 너른 개펄을 보았다. 그러고는 제자리에 멈춰 서서 한동안 걸음을 옮기지 못했다. 제법 굵은 빗방울이 쏟아지는 가운데, 개펄 위에는 맛조개를 캐는 사람들의 작업이 분주하게 펼쳐지고 있었다. 사람들의 숫자는 오히려 지난봄의 방문 때보다 많아 보였다.

우산을 접었다. 천천히, 가능한 한 그들 가까이 다가가고 싶었다. 개펄의 다져진 곳을 찾아 밟아가며 제일 앞의 개펄에서 작업 중인 세 사람과 5미터쯤까지 다가갔을 때 더 이상 나아갈 수가 없었다. 개펄이 물러서 무릎 위까지 푹 빠져든다는 것을 알았기 때문이다.

"돼지도 아니고 사람도 아닌 것을 뭐 하러 사진을 찍소?"

아낙의 말소리가 거칠었다. 그들의 작업을 지켜본 이라면 그들 목소리의 거침은 충분히 이해할 수가 있는 일이다. 아낙들은 모두 '널'이라 불리는 나무썰매 하나씩을 지니고 있다. 널 위에는 자신들이 채취한 맛을 보관할 플라스틱 상자와 함지박이 놓여있고, 막걸리 병과 우유 팩이 담긴 그릇도 있다. 왼 무릎을 널 위에 올리고 엎드린 채, 오른발로 개펄을 차 나가며 채취 장소로 이동한다.

맛은 개펄 위에 두 개의 팥알만 한 숨구멍을 남김으로써 자신의 건재를 확인시킨다. 맛의 숨구멍이 다량으로 찍힌 개펄에 널을 멈추고 채취 작업을 하는 것이다. 아낙들의 무릎은 이미 개펄 속으로 박혀있고 허리를 숙인 채 오른손을 개펄 속 깊이 집어넣어 맛을 캔다. 그 순간 맛이 팔의 길이보다도 더 깊게 개펄 아래로 내려가버리면 채취는 불가능이다. 손을 집어넣는 속도가 맛이 도망가는 속도보다 빨라야 가능한 것이다. 아낙들은 이때 발을 사용한다. 개펄 속의 발을 움직여 맛이 내려갈 통로를 차단함으로써 더 이상 어쩌지 못하는 맛들을 체포해내는 것이다. 물론 이 과정은 순간적으로 이루어진다. 초보자가 더듬더듬 했다가는 맛은커녕 개펄 위에 연신 자신의 귀와 코를 박아야 할 것이다. 어쨌든 아낙들의 몸은 완전히 개펄 속에 파묻혀 일하는 모습이다. 그런 모습이니 그들이 사진 찍히는 것을 당연히 거부할밖에…….

"요즘 사람들이 다들 일하는 거 싫어하거든요. 그런데 아주머니들 일하는 모습 참 보기 좋아요. 그래서 사진 찍었거든요."

그때 빗방울이 더 굵어졌다.

"이렇게 비 오는 날도 일하시나요?"

"비 온다고 세끼 밥 먹지 않소? 허 참, 실없는 사람. 거 신경 쓰이게 하지 말고 얼른 우산 쓰고 나가시오. 그사이 맛 몇 개는 덜 잡았네."

"그럼 언제 쉬시나요?"

"섣달 그믐날이나 되어야 한 사나흘 쉬고 다른 쉬는 날 없소. 대한민국에서 우리같이 열심히 사는 사람들 없을 거요."

나는 그이들과 금세 친해졌다. 쫄딱 비를 맞고 쭈그리고 앉아 자신들과 얘기하는 객지 사람을 자신들의 삶의 풍경의 일부로 받아들인 탓이다.

이야기를 하는 동안 나는 그들이 화포 사람이 아니라는 것을 알게 되었다. 그들은 벌교읍의 장암 1구 마을 사람들로 모두 16명이 한 팀이 되어 작업을 한다고 했다.

"우린 모두 형제보다도 가깝고 남편보다도 서로 가깝소. 이 작업이 얼마나 힘든지는 해보지 않은 사람은 알 수가 없소. 개펄이 무르고 부드러운 데는 잡기도 쉽고 이동하기도 쉽지만, 모래가

많이 섞이고 단단한 곳은 잡기도 어렵고 이동도 힘드오. 이 고생을 우리 외엔 누가 알겠소? 그럴 땐 울면서 앞에서 끌고 뒤에서 밀며 개펄 밖으로 나가오. 몸? 돌볼 틈이 언제 있겠소? 그래도 우리 고생으로 살림도 펴고 애들 교육비도 다 대오. 우리 중에 자식들 하나둘 이상 대학 보내지 않은 사람 아무도 없소."

성태 엄마(63세)는 이 팀 중 세 번째의 고참이다. 막내 이름이 성태인 탓에 그리 불리지만 3남 3녀를 두었고 손주가 모두 열네 명이다. 그녀는 대학을 나와 미국에 살고 있는 큰아들 자랑이 셌다. 다 그만두고 미국으로 건너오라고 난리지만, 노인네가 미국 가서 뭐 하고 살까. 여기서 친구들하고 맛 잡고 손주들 보고 살면 그만이지. 그래도 내년 봄에는 한번 다녀오려고 해. 걔들이 오는 것보다야 내 한 몸 움직이는 게 나으니까……. 내년 봄엔 꼭 가세요. 비행기도 타시고…… 했더니, 비행기? 서울도 가고 제주도 가고 벌써 여러 번 탔어, 한다.

성진 엄마(56세)는 아들 5형제를 두었다. 위로 셋은 장가들고 둘은 대학에 다닌다. 맛을 잡아 아들들 교육비는 물론 장가 비용까지 댔다. 7년 전에는 저금한 돈과 시댁 형제들의 부조를 받아 벌교 밑으로는 가장 좋다는 집을 지었다. 지어놓고 얼마 동안 집구경 온 사람들의 걸음이 끊이지 않았다 한다. 내게도 꼭 구경 오라 얘기해서 나는 기꺼이 그러겠다고 했다.

혜진 엄마(46세)는 이 그룹 속에서 가장 젊은 구성원에 든다. 1남 1녀. 둘 다 대학에 다닌다. 신학대학에 다니는 딸과 컴퓨터를 공부하는 아들 모두 심성이 착해서 여태껏 부모 속 한번 썩이지 않았다고 한다. 다른 도시 주부들은 인터넷을 배우니, 다이어트를 하니 시끄럽지만 우리 마을 사람들은 맛 잡을 궁리만 하고 사요. 그 돈으로 종자도 사고, 비료도 사고, 축의금도 내고, 보험도 들고 아쉰 소리 않고 사니 큰 복 아니겠소. 이 개펄은 우리에게 보물단지나 다름없소.

날이 어두워지면서 이들은 하나둘 널을 밀며 개펄 밖으로 나왔다. 그제야 나는 나와 이야기를 나눈 사람들의 얼굴을 볼 수 있었다. 욕심 없이, 거짓부렁 없이, 단순하게, 참으로 감사하는 마음으로 개펄 위에서 살아가는 사람들…… 개펄과 함께 자신의 생을 마감할 사람들……. 검게 그을리고 깊은 주름살투성이였지만 그들 모두는 샛별처럼 빛나는 눈빛을 지니고 있었다.

승구 45킬로그램, 수만 41킬로그램, 은미 53킬로그램, 은아 50킬로그램, 경숙 38킬로그램, 혜진 45킬로그램, 혜자 44킬로그램, 성태 50킬로그램, 상환 54킬로그램, 명일 44킬로그램, 수경 53킬로그램, 성진 51킬로그램…….

나는 검침원이 재는 맛의 무게를 함께 적어나가기 시작했다. 이날 장암 1구 사람들은 오전 오후 두 차례의 작업을 했고 지금

계측하는 물량은 오후에 채취한 물량이었다. 오전(실제는 새벽)에 세 시간 오후에 네 시간 작업해서 평균적으로 1인당 100킬로그램쯤의 맛을 잡았다. 채취 단가는 킬로그램당 900원. 하루 일당으로 쳐 9만 원. 적지 않은 소득이다. 그러나 그 누구도 개펄 위에서 감히 꿈꿀 수 없는 힘든 노역과 고통을 이겨낸 산물이기도 하다.

검침이 끝났을 때 한 아낙이 내게 말했다. 우리 붙들고 일 못하게 하였으니 저녁이나 사오. 이날 나는 이들 모두와 함께 순천의 한 식당에서 삼겹살 파티를 했다. 헤어지면서 그들이 내게 내일 낮 작업이 없을 때 꼭 자신들의 마을에 놀러 오라고 얘기했다. 따뜻한 이 초청에 어찌 응하지 않겠는가.

거차에서 꾸는 꿈

작은 갯마을의 바다 내음

다시 '거차'에 왔다. 순천만에 자리한 작은 갯마을. 개펄 냄새가 자욱하다. 열 번쯤, 아니 그보다는 두 배쯤 더 많이 나는 이곳을 다녀간 적이 있다.

1980년대 후반 처음 이곳에 왔을 때 늦봄이었고 간조 시각이었다. 개펄이 깊은 속살을 드리우고 있었다. 마을 아낙들이—아니 할머니라고 표현하는 것이 더 옳을 듯싶다—개펄로 나가고 있었다.

그들은 모두 긴 나무썰매 하나씩을 지녔었다. 길이 3미터, 폭이 30센티미터쯤. 나무썰매의 맨 끝은 눈썰매의 그것처럼 앞부분이 들려있었다. 개펄을 나아갈 때 부딪는 마찰을 줄이기 위한 것이었다. 그들은 그 나무썰매를 '널'이라 불렀다. 널을 타고 그들은 개펄을 씽씽 달렸다. 왼 무릎을 널 위에 올리고 오른발을 이용해 엎드린 채 개펄 위를 달려 나가는 그들의 모습이 설원 위의 스키어 못지않았다.

한 할머니에게 나는 물었다. 마을 이름이 왜 '거차'인가요? 할머니가 대답했다. 살기가 하도 팍팍하고 거칠거칠해서 그렇다오. 순간 나는 말문이 막혔다. 팍팍하고 거친 삶. 거차. 그 둘이 의미상, 혹은 발성학적으로라도 어떤 연관이 있다는 말일까. 나는 막연히 개펄을 바라보았다. 그런 내게 할머니가 물었다. 어디서 왔소? 광주…….. 뭐 하러 왔소? 뭐 하러……? 나는 또 여기서 잠시 머뭇거렸다. 내가 무엇을 하러 이곳에 왔는지 생각이 퍼뜩 나지 않았던 것이다. 할머니는 널을 능숙하게 타고 개펄이 바닷물과 만나는 곳까지 씽씽 나아갔다. 그런 할머니의 모습이 퍽 자유롭고 보기 좋았다.

나는 그 개펄 가에서 뛰어오르는 망둥이들을 보며 반나절을 보냈다. 밀물이 들고 할머니들이 다시 돌아오기 시작했다. 널 위에는 할머니들이 그동안 채취한 수확물들이 그물 자루 안에 가득 실려있었다. 그 양이 믿겨지지 않을 만큼 많았다. 썰물일 적에 얘기를 나눴던 할머니가 나를 보고는 적이 놀란 눈치였다. 여태까지 여기서 뭐 하셨소. 할머니 기다렸지요. 그 말은 사실이었다. 두 해 전 대학을 졸업하고 처음 얻었던 직장을 나는 그만두었다. 8년을 근무했으니 만만치 않은 시간을 첫 직장에 헌신한 셈이었다. 시를 쓰기 위해서. 직장을 그만두며 나는 마음이 편했다. 그보다 더 좋은 사직의 변이 어디 있을 것인가. 얼마쯤의 저금과 퇴직금을 까먹으며 나는 이곳저곳을 떠돌아다녔다. 그리고 두 해. 통장의 잔금이 다 바닥날 무렵 나는 거차에 닿았던 것이다. 팍팍하고 거친 삶. 거차라는 이름은 그 무렵의 내게 할머니들의 그것에 못지않게 현실적인 것이었다.

할머니들의 수확물은 즉석에서 거래가 되었다. 중간 수집상인 한 사내가 할머니들이 채취해 온 '맛' 조개를 저울로 재고 노트에 무게를 기록했다. 전량 일본으로 수출된다는 '맛'의 수매 가격은 꽤 비쌌다. 나는 잠시, 이곳에서 나무썰매질을 익혀 낙지나 맛을 잡고 들물 때는 시를 쓰며 사는 것은 어떨까 하는 생각을 했다.

계측이 끝난 할머니들은 다 마을로 돌아가고 갯가에는 나와 밀물만 남았다. 아니 남은 게 더 있긴 했다. 밀물의 포말 위에 덧

칠해지는 저녁 햇살이 왠지 가슴 아팠다. 산다는 것. 밥을 먹고, 시를 쓰고, 노동을 하고, 음악을 듣고, 자유와 정의의 획득을 위한 얼마쯤의 투쟁을 하고, 주말엔 한 아낙과 새끼들의 손을 잡고 영화관에 가고…… 아아, 왠지 그런 모든 풍경들이 다 쓸쓸하게 다가왔다.

들물이 개펄과 만나는 선을 따라 걷던 나는 문득 한 풍경을 보았다. 이곳 주민들이 통발이라 부르는 포충망 모양의 버려진 그물통 안에 쥐 한 마리가 들어가있었다. 한번 통발 안에 들어간 어류들은 절대 그 출구를 찾아 나올 수 없게 고안돼있었다. 그런데 그 통발 속으로 쥐가 들어갔던 것이다. 아마도 그 통발 안에 죽은 생선이라도 한 꼬락지 들어있었을 것이고, 그걸 먹기 위해 통발로 들어간 쥐는 식사 후 자신이 나갈 출구가 확연치 않다는 것을 느꼈을 것이다. 쥐는 거의 절망적인 몸짓을 보이고 있었다. 날카로운 앞니로 그물을 갉다가 다가선 나를 보고는 거칠고 위협적인 울음소리를 냈다. 그러다가 통발 속을, 갇힌 다람쥐처럼 이리저리 뛰어다니는 것이었다. 상황은 쥐에게 대단히 좋지 않았다. 들물이 통발 높이의 3분의 1쯤을 차올랐고 쥐는 바닷물에 빠지지 않기 위해 통발 윗부분의 그물을 앞발로 움켜쥐었다. 나는 양식장의 폐목 하나를 꺼내 통발을 물속에서 건져내 들물이 닿지 않는 곳으로 옮겨주었다.

날이 어두워졌다. 나는 도선장 한쪽에 쭈그리고 앉아 만 건너편 갯마을의 불빛을 바라보고 있었다. 어험, 그때 인기척이 들렸다. 광주에는 안 가오? 할머니였다. 시장할 텐디 저녁이나 드오. 그렇게 거차에서 하룻밤 비럭잠을 잤다. 슬픈 일도 없는데, 나는 할머니가 깔아주는 까실까실한 포플린 이불 위에 누워 눈물을 흘렸다.

거차의 선착장은 썩 길다. 언제부턴가 내 마음속에 한 갯마을이 지닌 삶의 이력의 깊이를 선착장의 길이로 가늠해보는 버릇이 생겼다. 조금 구체적으로 얘기하자면, 파도를 밀치고 바다 속 깊숙이 뻗쳐 들어오는 선착장을 바라보고 있으면 퍽이나 기분이 좋아지는 것이다.

거차의 선착장은 길다. 200미터쯤 될까. 아니 그보다 더 길 것도 같다. 원한다면 승용차를 탄 채 선착장의 끝까지 이를 수도 있다. 아주 가끔은 어떤 젊은 녀석이 자신의 차를 선착장의 맨 끝에 세우고 지는 해를 보거나 음악을 듣는 모습을 볼 때가 있다. 한 달쯤 전에도 한 녀석이 그러했다. 나비처럼 차 앞문을 열어젖히고 의자를 깊숙이 눕힌 채, 제2차 세계대전이나 한국전쟁쯤에 유행했을 것 같은 재즈를 듣고 있었다. 스윙풍의 그 재즈 선율과 석양 무렵 넓게 펼쳐진 개펄이 퍽 잘 어울렸다.

11년 전, 할머니의 집에서 나는 잠을 제대로 이룰 수가 없었다. 제대로 써지지 않는 시, 제 스스로 밥을 벌 수 없는 무기력함…… 무엇보다도 개펄 위에서 건져낸 통발 속의 쥐 생각에 그러했다. 출구를 찾지 못한 채 이리저리 그물 속을 뛰던 쥐. 끊기지 않는 삶의 그물, 두려움, 밀물, 쓸쓸함……. 당연하게도 나는 그 쥐가 나의 모습을 닮았다고 생각했다.

새벽이 되어, 바다의 빛이 희미하게 드러나기 시작했을 때 나는 개펄로 나갔다. 그러고는 내가 꺼내놓은 통발 곁으로 다가갔다.

통발 안은 비어있었다. 휴, 나는 한숨을 쉬었다. 거꾸로 빠져나가기가 쉽지는 않겠지만 나는 녀석이 제 힘으로 통발 속의 미로를 헤쳐나가기를 바랐던 것이다. 부리가 한 자쯤이나 되는 괴상한 형상의 바닷새가 밤새 통발 속을 헤적거렸을 고약한 상상력이 잠시 발동되기도 했으나 통발 주위에서 처참한 기운이라고는 전혀 느껴지지 않았다. 천천히 아침의 기운이 찾아들고, 나는 녀석의 장도가 세상의 구석구석 미치는 아침 햇살처럼 그렇게 장려하기를 바랐다.

그 아침, 거차를 떠나며 나는 이상한 삶의 원기를 느꼈다. 밀려오는 파도의 물살마다 뜨겁게 새겨지는 햇살들. 불기둥처럼 내 가슴속으로 밀려오는 그 햇살들의 광휘 속에서 나는 다시 내가 써야 할 시의 체온을 느꼈고, 기꺼이 세상의 톱니바퀴 속으로 다시 맞물려 들어갈 수 있다는 생각을 했다.

11년 전의 할머니는 세상을 떠나고 없다. 그것 때문에 나는 쓸쓸함을 느끼지 않는다. 생명 있는 것들이 언젠가 지상을 떠나야 한다는 것은 삶의 철칙이다. 신은 이 부분에 한해서 철저히 공평하다. 그럼에도 그리움은 남아있다. 할머니는 내게 된장국과 흰쌀밥을 주셨다. 그러고는 말없이 밥을 먹는 내게, "사람은 꿈이 있어야 하는 법이여"라고 얘기했다. 초등학교도 제대로 나오지 못했을 할머니로부터 꿈이라는 단어를 듣는 순간, 나는 또 말문이 막혔다.

어린 시절, 내가 기억할 수 있는 최초의 꿈은 열여덟 가지 색을 지닌 크레파스를 갖는 것이었다. 이 꿈은 그 무렵의 내게 좀 과도한 것이었는지도 모르겠다. 초등학교 2학년의 우리 반에서 그런 크레파스를 지닌 아이는 아버지가 의사인 한 아이뿐이었다.

초등학교에 입학하면서 나도 여느 아이처럼 어깨에 거는 화판과 크레파스 하나를 지닐 수 있었다. 열두 가지의 기초 색상이 갖춰진 크레파스였다. 나는 그림 그리기를 퍽 좋아했다. 특히 하늘에 있는 구름과 바다에 떠있는 배 그리기를 좋아했다. 구름은 마음대로 떠다닐 수 있어서 세상 이곳저곳을 다 구경할 수 있을 것만 같았다. 바다는 꼭 한 번 본 적이 있었다. 내 이모님 한 분이 장흥군 대덕면 내저리라는 곳에 사셨는데 그곳이 외딴 바닷가 마을이었다. 그곳에 무슨 경사가 있어 초등학교 1학년 때 들른 적이 있었다. 강진군의 마량항에서 배를 타고 들어갔는데 처음 타보는 배가 그렇게 신기할 수가 없었다. 이십 리가 넘는 뱃길을 가기 위해 이모부는 돛을 올리고 열심히 노를 저어야만 했는데도⋯⋯.

내가 지닌 크레파스 중 흰색이 제일 먼저 닳아 없어졌다. 구름과 바다와 배를 그리다 보니 그렇게 된 것이었다. 푸른색과 초록색과 노란색이 차례로 닳아 없어지고 맨 나중에는 도토리 깍지만 한 검정색과 붉은색 조각이 남았을 뿐이었다. 그 무렵의 내 곁엔 새 크레파스를 마련해줄 어른이 아무도 없었다. 생명을 잉태하고 생산에 가담한 어른들은 어디론가 떠나고 어린 내게 남은 것은 혼란과 혼돈뿐이었다.

나는 여전히 그림 그리기를 좋아했지만 문제가 있었다. 초등학교 2학년 시절 내 담임 선생님은 준비성이 철저한 분이었다. 그분은 기성회비를 내지 못하는 아이들을 퍽 싫어해서 수업 시간 중에 아이들을 집으로 돌려보내는 일도 심심찮게 있었는데 미술 시간에 그림 그릴 준비를 못 해오는 아이도 만만찮게 싫어하셨다. 준비라고 해야 4절 크기의 도화지 한 장과 크레파스가 전부였지만, 그 무렵의 내게 한 주일에 한 장씩 4절 도화지를 마련한다는 것은 쉬운 일이 아니었다. 도화지를 준비하지 못한 나는 미술 시간마다 교실 밖으로 쫓겨나야 했다.

나는 정말 그림을 그리고 싶었다. 아이들과 함께 교실에서. 그러던 어느 날, 나는 꿈을 꾸었다. 우리 집 마루 밑에 동전이 가득 든 항아리가 묻혀있는 것을 발견한 꿈이었는데, 꿈에서 깬 나는 곧장 마루 밑을 뒤져 놀랍게도 빛이 다 바래 흙빛이 된 거북선이 그려진 50환짜리 동전을 발견했던 것이다. 군말하지 않고 나는 그걸로 열 장의 새 도화지를 샀다. 그리고 다음번의 미술 시간부터 평화로운 감정으로 교실 안에 앉아있을 수 있었던 것이다. 크레파스는 교실과 학교 안 이곳저곳의 쓰레기통을 뒤져 모은 몽당 크레파스였지만 선생님은 그것까지 탓하지는 않으셨다. 그때의 내 꿈이 열여덟 가지의 색이 갖춰진, 그러니까 간색이 어느 정도 갖추어진 크레파스였던 것이다. 그 꿈은 내가 초등학교를 졸업할 때까지 이루어지지 않았다.

중고등학교 시절 나의 꿈은 조숙하게도 한 여자만 사랑하다 세상을 뜨는 것이었고, 대학 시절엔 여기저기 길 위를 떠돌아다니며 시를 쓰다 어느 눈 많이 내린 겨울날 눈 위에 쓰러져 얼어죽는 낭만적인 것이었다. 그 후로도 내 꿈은 많았다. 섬진강 변에 작은 움집을 짓고 나룻배의 뱃사공이 되고 싶은 꿈을 꾸었는가

하면, 압록강과 두만강을 따라 펼쳐진 산골 마을들을 도보 여
행하는 꿈을 지닌 적도 있고, 머리 깎고 산에 들어가 부처와 한
5년만 열애하다 다시 세상으로 돌아 나오고 싶은 지극히 세속적
이고 이기적인 꿈을 꾼 적도 있다.

그 꿈들의 공통점은 다 '이루어지기 힘들다는 것'이다. 어쩌면
이루어지는 순간 이미 그것은 꿈이 아닐지도 모른다. 한 꿈이 이
루어지면 인간은 또 새로운 꿈을 꾸기 마련인 것이다.

나는 이제 내가 여태껏 이루지 못한 꿈들 때문에 아파하지 않
는다. 꿈은 지니고 있는 데서 그 자체의 광휘가 빛난다. 개펄들
이 그 무수한 오폐물들과 악취를 모아 그곳에 모든 바다 생물들
의 낙원을 만들듯이, 세상살이에서 구토하고, 쓰러지고, 아파하
고, 쓸쓸해한 모든 기록들이 기실은 우리가 꿈꾸고자 한 시간들
의 한 집적이 되어가는 것을 지켜볼 수 있다면, 그 생명은 충분
히 아름다운 것이다.

이루어지지 않을 것을 알면서도 오늘 나는 거차에서 또 하나
의 꿈을 꾼다. 그것은 이곳 바닷가 어딘가에 개펄이 잘 보이는 장
소를 잡아 쓸쓸한 여행자의 영혼이 하룻밤쯤 쉬어 갈 수 있는
집을 하나 마련하는 것이다. 그곳에서 여행자는 또 다른 쓸쓸한
영혼들과 함께 세상에서 무참히 패배한 이야기를 나누고, 자신
이 못다 한 일들과 미련들과 연민들에 대해서 함께 얘기하고, 개

펄 냄새를 맡고, 라면 식사에 소주잔을 기울일 수도 있을 것이다. 그리고 해가 뜨면 11년 전의 나처럼 알 수 없는 생의 온기를 느끼며 세상 속으로, 그 만만찮은 벽 위로 힘차게 부딪쳐 나갈 용기를 얻을 수도 있을 것이다. 그런데, 그런데, 이상하다. 어쩌면 이 꿈은 이루어질 것만 같다.

모든 절망한 것들이 천천히 날아오를 때

향일암에서 나무새의 꿈을 만나다

　　　　　　　　　노송 아래 한 스님이 앉아있다. 스님 앞에 놓인 세 개의 나무토막, 가부좌를 튼 채 명상에 잠겨있던 스님은 눈을 떴다. 그러고는 칼을 들어 천천히 나무토막을 깎기 시작했다. 이윽고 나무토막들은 새로운 형상으로 사바세계의 빛을 맞이했다.

　자, 원하는 곳으로 훨훨 날아가렴. 스님의 말이 떨어지자 세 마리의 나무새가 하늘을 향해 날아갔다. 한 마리는 순천의 조계산 자락에 이르렀고 또 한 마리는 거금도의 용두산에 이르렀다. 남은 한 마리는 여수반도를 훨훨 날아 금오도에 이르렀다. 만대에 걸쳐 불법의 진리가 피어날 땅, 스님은 그 세 곳에 불사를 일으켰으니 바로 보조국사 지눌(1158~1210년)이었다.

은적암(隱寂菴)으로 가는 길은 늘 화사하다. 돌산대교 위에서 바라보는 여수항의 모습, 내항의 반짝이는 물빛, 한 무리의 겨울 철새들……. 그런 풍경들 어딘가에 따뜻하고 아늑한 시간들의 숨소리가 스며있을 것만 같다. 여수라는 이름만 해도 그렇지 아니한가.

여수(麗水)가 아닌 여수(旅愁). 물빛이 맑고 빛나는 것도 아름다운 일이지만 여행자에게는 아무래도 여행의 고적감 쪽이 더 쓸쓸하고 아름다운 법이다.

밤을 새운 긴 기차 여행 끝에 당신이 한 낯선 바닷가에 닿는다면 그곳의 이름이 무엇이었으면 좋겠는가. 목포? 부산? 포항? 강릉? 아무래도 좋을 것이다. 밤을 새우고 새 햇빛을 만나고 처음 본 바닷가 마을이 눈앞에 펼쳐지는데 그곳의 이름이 목포면 어떻고 포항이면 어떻고 청진이면 어떠한가. 그러나 소금 내음 속으로 물살 선선하게 번져가는 그 마을의 이름이 '여수'라면, 당신 한눈에 그 마을을 사랑하지 않겠는가. 그 바닷가에 신발 두 쪽을 벗어두고 눈빛 맑은 그곳의 한 처자와 남은 세월을 아득바득 살아봄직하지 않겠는가. 별, 꽃, 바다, 꿈, 생선, 솥, 밥, 나무, 불, 물, 그물, 달빛……. 한두 음절이면 족할 단어들의 서러운 눈빛과 함께. 숨어서 오래오래 적막하게.

은적암은 고려 명종 25년(1195년) 보조국사가 세운 암자다. 순천 조계산의 송광사와 남면 금오도의 송광사 사이를 왕래하면서 국사는 물빛 하염없이 착하고 소나무 향기 치렁치렁한 이곳에서 다리쉼을 하며 은적의 꿈을 꾸었다. 나무새가 직접 내려앉은 땅은 아니지만 뭇 중생들의 삶의 냄새가 가까이 펼쳐지는 이곳에서 대사는 불법의 세계와 사바의 세계가 한데 어울리는 그런 불빛의 시간들을 꿈꾸었을 법하다.

돌산 읍내에 자리한 돌산초등학교 옆길을 따라 산길을 500미터쯤 오르면 한 무리의 노송들이 길을 막는다. 솔향 사이로 넘나드는 새 울음소리가 치렁치렁하다. 솔숲과 새소리를 향해 잠시 합장. 지눌의 나무새가 금오도로 날아갈 때 저 소나무와 새들의 조상들은 여전히 이곳에서 그들 나름의 삶을 살았을 것이다. 나무새는 잠시 날갯짓을 멈추고 이곳에서 휴식을 취했을지도 모른다. 그런데 왜, 지눌은 살아있는 새가 아닌 나무새를 깎아 날려보냈을까.

후박나무와 동백나무, 소나무가 함께 어울린 숲길 바로 앞에 일주문이 있다. 나라 안 절집 중에서 가장 작고 낮고 허름한 일주문. 그래서 가장 마음 편하게 들어설 수 있는 그 문을 들어서면 곧장 경내다. 대웅전 앞 공간은 온통 새 울음소리로 넘치고, 인적은 없다. 요사채 섬돌에 놓인 하얀 고무신, 붉은빛 도장으로 말표라고 선명하게 찍혀있다. 그 고무신 곁에 쭈그리고 앉아 새소리를 들었다. 먼먼 훗날 이곳 안내판에 이런 이야기가 적혀있을지 모른다. 천년 전 이곳에서 불법을 닦던 한 고승이 그때까지 자신이 신었던 고무신들을 세상 곳곳으로 날려 보냈다. 가장 살기 좋은 땅을 찾으라.

잠시 공상에 잠겨있는데 어디선가 쿵쿵 소리가 들린다. 절구질 소리였다. 공양간 앞 작은 마당에서 세 사람이 한창 메주를 쑤고 있었다. 할머니 보살 한 분, 턱수염이 보기 좋은 젊은 처사, 그리고 스님 한 분.

"하루에 스무 덩이 만들 수 있어요. 어제부터 만들었는데…… 오백 덩이는 만들어야 해요. 꼬박 한 달 일이지요."

스님이 얘기했다.

동안거 철인데 면벽 대신 한 달간의 메주 방아라니……. 그럴 수 있을 것 같았다. 다들 공부하고 참선에 빠진다면 된장국은 누가 끓일 것인가. 어쨌든 스님은 객이 반가운 모양이었다. 금세 절구질을 멈추더니 녹차나 한잔 들라 한다. 절집에 들러 가장 행복

156

한 일은 머리 깎고 속세와 절연한 그들이 정한 손으로 달여내는 차 한잔을 마시는 것. 새소리를 들으며 고적한 산사의 기운을 온 몸으로 느끼는 것.

나이 마흔이 넘어 출가한 그는 계를 받은 지 일 년이 겨우 지났다 한다. 행자를 맡고 있지만 엽렵하지 못해 주지 스님의 마음이 편치 않을 거라고도 했다. 나이 들어 출가한 이유를 묻자 그게 요즘 추세라고 얘기한다. 한 시간여 동안 산문 안팎의 이야기를 나누면서 나는 몇 번인가 지눌이 왜 나무새를 날려 보냈는지 물으려다가 그만두었다.

향일암으로 향하는 길에 돌산초등학교 대신분교에 들를 수 있었던 것은 행운이었다. 운동장에서 뛰노는 아이들의 모습이, 그곳에서 훤히 보이는 바다의 싱싱한 물살을 그대로 닮아있었다. 배들과 섬들, 철새들의 비행이 한눈에 들어오는 운동장. 아이들은 축구를 하다 파도를 보고, 물살을 가르며 나가는 배들의 모습을 보고 끼룩거리는 철새들의 울음소리를 듣는다.

교사 안으로 무작정 걸음을 옮겼더니 교감 선생님이 반갑게 맞아준다. 그러고는 자신이 직접 담임을 맡는 샘물반 교실로 데리고 간다. 전교생이 51명인 이 학교의 1학년은 샛별반, 3학년은 사랑반, 4학년은 장미반, 5학년은 고래반, 6학년은 푸른꿈반으로 불린다. 학년 패찰도 없이. 샘물반은 2학년이었다.

교실에는 여섯 명의 꼬마들이 앉아있다. 원래 일곱인데 감기 때문에 한 학생이 결석을 했다 한다. 교실 뒷벽의 게시판에 새겨진 솜씨 자랑을 구경하다 나는 나도 모르게 아, 하는 탄성을 올렸다.

　그림, 식구들 사진, 친구들 모습, 나의 장래 꿈들이 빼꼭하게 붙여진 그곳에서 나는 장래 훌륭한 작가나 시인이 될 꼬마들의 글을 읽었다.

　　연필은 내 마음을 아라요
　　내가 기분이 나쁘면
　　글씨가 삐툴삐툴
　　내가 기분이 좋으면
　　글씨가 또박또박
　　연필은 내 마음 정말 아라요

　　　　　　　　　　　　　　　　　　　—김혜선

　　별과 친구가 되고 싶어요
　　깡충 뛰어도 닿지 않네
　　사다리를 타고 오르면
　　됐다 됐다

158

별이 내려와 악수해 조요

—장유정

겨울에는 눈이 내리고

겨울밤이 쌩쌩

창문이 덜컹덜컹

아유 추워

강아지도 집에 숨었다

—남준혁

아이들을 위해 시나 동화를 적지 않게 쓴 적 있지만 내가 쓴 글들은 앞으로도 도저히 혜선이나 유정이, 준혁이가 지닌 맑고 싱싱한 꿈에는 이르지 못할 것이다. 나는 아이들과 함께 시를 읽기도 하고 사진을 찍기도 했다. 유리창 밖으로 씽씽 갯바람이 불어가고.

저물 무렵 임포에 닿았다. 열 번도 더 넘게 나는 향일암이 자리한 이 바닷가 마을에 온 적이 있지만, 나는 이 마을의 한자 이름을 알지 못한다. 아니 알려고 하지 않았다. 수풀 임이나 맡을 임 따위는 얼마나 궁색하고 조잡한가. 임은 그냥 임인 것이다. 나는 향기로운 님의 말소리에 귀먹고, 꽃다운 님의 얼굴에 눈멀었

습니다……. 잠시 만해의 시 한 구절을 떠올린 후 마을 입구에 자리한 한 동백나무를 찾았다. 5백 년의 세월을 견딘, 나라 안에서 동백나무의 위용으로는 가장 장엄하고 당당한 모습. 바위나 흙이 아닌, 살아있는 생명체 중에서는 임포 마을에서 이 나무가 가장 오랜 삶의 이력을 비축하고 있는 것이다. 나는 깊게 합장을 했다. 그 늙은 나무는 여전히 붉디붉은 동백꽃을 피우고 있다.

민박집을 잡고 저녁을 먹기 위해 나서는데, 젊은 한 쌍이 무척 망설인 끝에 내게 물었다. 하룻밤 방값이 얼마이던가요? 여유 있게 노자를 마련해 여행에 나선 젊은 연인들이 이 지상에 얼마나 있겠는가. 함께 있는 시간, 그보다 더 좋을 수 없으니 가난한 연인들이여, 가진 돈이 조금 부족할지라도 민박집 아낙의 인상이 그리 야박해 보이지는 않으니 잘 얘기해보시게나. 매운탕 한 그릇을 먹고 민박집으로 돌아오는데 불 켜진 민박집 창에 그 둘이 나란히 서서 바다를 보고 있는 모습이 보인다.

일출 한 시간 전, 자리에서 일어났다. 아직 밖은 어둡다. 이른 시각이라 입장권을 끊지 않고 향일암을 오른다. 새로 만든 돌계단의 경사가 만만치 않다. 백제 의자왕 19년(659년)에 원효대사가 창건했다는 이 암자는 정동쪽으로 바다를 향해 섰다. 남해바다 한복판에서 일출과 직접 면대를 하는 것이다. 남해 금산의 보리암, 김제의 망해사, 석모도의 보문사, 명주의 등명사 같은 절들이 바다를 바라보고 섰지만 바다를 완전히, 그 자신의 뜰로 사바세계를 두르고 있는 절은 향일암이다.

주위에서 헉헉거리는 숨소리들이 들린다. 전국 각지에서 향일암의 일출을 바라보기 위해 모인 사람들이다. 1킬로미터쯤의 거리에 펼쳐진 돌계단을 다 오르면 향일암의 산문격인 해탈문에 이른다. 이 해탈문은 폭 50센티미터, 높이 5미터쯤의 바위틈이다. 길이는 10미터쯤. 무명의 속진을 벗어나듯 해탈문을 빠져나오면 바로 향일암이다.

오르는 사이에 날이 밝았다. 눈앞의 바다에 펼쳐진 임포의 풍경. 흡사 바다로 헤엄쳐 나가는 거북의 모습을 그대로 닮아있다. 향일암을 영구암이라 부르기도 하는 이유이다. 대웅전 바로 옆 용왕전의 약수 한 사발을 마신다. 석간수. 깊은 바위 틈새를 뚫고 나오는 저 청정한 물들의 인내. 달다.

대웅전에서 깊은 바위 동굴 속 길을 따라 올라가면 관음전이다. 대낮에도 전등을 켜놓는 이 돌계단 길은 원효대사가 처음 절을 짓고 수도를 한 자리라고 한다. 약사여래상이 서있고 작은 아기 동자가 무릎을 꿇고 앉아있는 이 자리는, 향일암에서도 가장 일출을 보기에 좋은 자리다. 그렇지 아니할 것인가. 원효대사가 이 자리에 앉아 무수한 일출을 배관했으니…… 대부분의 해

맞이 객들이 대웅전 쪽에서 머무는 반면 눈썰미 있는 해맞이 객 몇몇은 이곳 관음전까지 올라온다.

바다 한쪽이 점점 붉어지면서 해가 불끈 솟아오른다. 수평선 쪽에 구름이 없지 않았지만 해맞이에는 방해가 되지 않았다. 여기저기 어둠을 뚫고 모인 사람들이 아, 하는 깊은 탄성들을 올렸다. 오직 해맞이를 위해 여수행 밤열차를 타고 나라 안 이곳저곳에서 모여든 사람들이다. 세상을 살아내기가 다들 녹록지 않을 것이다. 절망과 잡념, 증오와 굴욕, 쓸쓸함의 시간들 또한 깊을 것이다. 그런 모든 어두운 시간들을 다 털어내며 어떤 이는 만세를 부르기도 했다.

그때 나는 보았다. 한 무리의 새떼들이 천천히 태양을 가로질러 지나는 것을. 햇살 속에서 새떼들의 모습은 더욱 눈부셨다. 모든 죽어있는 것들, 모든 쓸쓸한 것들, 모든 절망한 것들, 그것들이 천천히 날아오를 때 나무새의 꿈 또한 날아오르는 것을…….

세상에서 제일 맛있는 팥죽집 가는 길

회진 장터로 향하는 새벽길

 새벽 3시 30분. 휴대용 지도를 챙기고 시디플레이어에 세 장의 시디를 갈아 꽂는다. 책상 위의 읽다 만 책 두 권. 『수수밭으로 와요』와 『수도원 기행』. 63년생, 공씨 성을 지닌 두 여성 작가의 신간을 차의 뒷자리에 던져놓는 것으로 짧은 여행 준비는 끝났다. 나는 천천히 강을 따라 달리기 시작한다.

새벽 3시 45분. 강은 고요하다. 건자재를 가득 실은 대형 덤프 트럭이 스치고 지나간 뒤에는 더욱 고요하다. 세월교. 섬진강에 놓인 다리들 중 가장 무심한 이름을 지닌 다리 곁에 잠시 멈춰 서서 물소리를 듣는다. 강 건너 마을의 가로등 불빛들. 집의 윤곽은 흐릿하고 사람의 모습은 보이지 않는다. 봄이면 매화꽃과 살구꽃이 흐북하게 피어나던 마을. 마을은 꽃 필 때보다 더 고요하다. 문득, 사람의 모습이 보이지 않는다는 것이 큰 위안이 될 때가 있다.

새벽 3시 59분. 전라선 야간열차 한 대가 강을 따라 달려온다. 매달린 창의 노란 불빛이 아름답다. 순간, 나는 그 창을 향해 손을 흔든다. 종착역에 다 이르른, 조금씩 지친 승객들은 마지막 단꿈에 젖어 창밖의 어둠 속에서 한 사내가 마구 손을 흔들어대고 있다는 것을 알지 못할 것이다. 열차가 지나간 한참 뒤에도 나는 손을 흔들었다.

야간열차의 승객들은 모두 꿈꾸는 초식동물 같다. 앞좌석 등받이에 마련된 그물주머니에 꽂힌 몇 알의 귤과 삶은 달걀, 김밥……. 그것들의 모습이 잠든 그들 주인의 모습과 우련 닮아있다. 사람의 냄새가 전혀 나지 않는 착한 사람의 모습……. 오래전에 나는 그들을 위해 한 구절의 시를 남겼다.

단풍잎 같은 몇 잎의 차창을 달고
밤열차는 또 어디로 흘러가는지
그리웠던 순간들을 호명하며 나는
한줌의 눈물을 불빛 속에 던져주었다.

—「사평역에서」 부분

　새벽 4시 7분. 강의 이름이 바뀐다. 보성강. 섬진강의 지류인
이 강은 봄과 가을의 물안개가 일품이다. 얕은 산곡 사이로 강
은 어린 초식동물의 눈빛을 한 채 흘러간다. 강 건너 우뚝우뚝
서있는 백양나무들. 물안개 속에 키 큰 그들의 모습이 어슴푸레
보일 때 이 어린 초식동물의 강은 순결한 영감의 세계로 가슴에
닿아온다.

세월이 이따금 나에게 묻는다
사랑은 그 후 어떻게 되었느냐고
물안개처럼
몇 겹의 인연이라는 것도
아주 쉽게 부서지더라

—류시화, 「물안개」 전문

류시화는 물안개에 대한 명징한 시 한 편을 남겼거니와 나는 그가 이곳 강변의 물안개에 영감을 얻어 이 시를 쓰지 않았을까 슬몃 생각해보곤 한다.

새벽 4시 44분. 좀 세게 달렸다. 18번 국도. 지리산에서 시작되어 섬진강과 보성강, 탐진강을 거쳐 진도의 맨 끝까지 이르는 사랑스러운 남도 길. 수문포는 그 길의 한 중앙쯤에 자리한다. 작은 해수욕장이 자리한 이곳 바다에 이미 피서객의 흔적은 사라지고 없다. 가까운 선착장에 차를 세우고 음악을 들었다. 로리나 맥케니트의 〈The dark night of the soul〉을 몇 차례 반복해 듣고 존 콜트레인의 묵은 재즈 음반을 들었다.

대학을 졸업한 지 15년이 지난 후에야 나는 비로소 재즈를 들을 수 있었다. 그 이전의 시간들, 독재 정권 타도와 민주화 열망으로 가득 찬 그 시절에 대학을 다니고 졸업한 우리 세대에게 재즈는 한 금기의 대상이었다. 당면한 역사의 당위 앞에서 재즈는 지극히 소모적이고 퇴폐적인 음악 장르였으며 한없이 영혼의 긴장을 이완시키는 제국주의의 문화 침투로 여겨졌었다.

아침 5시 29분. 라면을 끓이고 있는데 한 할머니가 내게 다가왔다. 뭐 하시러 이른 시각에 바다에 나오셨느냐 물었더니 그물 보러 간 할아버지가 돌아올 시간이라 얘기했다. 오늘이 몇 물이

냐는 질문에 나를 한 번 흘긋 보시더니, 세 물. 두 물, 세 물에 고기가 어느 정도 잡힌다는 것을 나는 안다. 돈벌이가 좀 되느냐 물었더니, 벌이는 무슨 벌이, 입에 풀칠하면 됐지……. 나는 할머니와 함께 라면 국물을 나눠 마셨다.

사과 상자보다 조금 더 큰 노란 플라스틱 상자 안에 할아버지가 그물에서 걷어 온 고기들이 담겨있다. 뱀장어와 숭어, 짱뚱어, 꽃게……. 나는 필경 이게 시세로 쳐 얼마쯤 될 것인가 물었고 할아버지는 선선히 5만 원이라 얘기했다. 활어로 팔면 시세가 더 낫지 않느냐는 나의 물음에 활어로 팔기 위해서는 수족관 시설을 갖추어야 하는데 그럴 만한 돈도 없고, 그럴 필요성도 느끼지 않는다고 얘기한다.

아침 6시. 해는 뜨지 않는다. 구름 속에 수평선도 푹 파묻히고……. 미샤 마이스키의 '하이든'을 틀어놓고 가져온 책을 뒤적뒤적 읽는다. 수수밭으로 오세요. 첫 소절부터 마음이 아파온다. 삶의 쓸쓸한 본질들이 이 작가 특유의 강인한 생명력으로 꽃피기를……. 수도원 이야기의 몇 대문을 읽는 동안 갈매기들이 몇 마리 날아왔다. 끼룩거리는 울음소리가 아주 가깝게 들린다. 보편적인 삶의 길을 스스로 외면한 사람들의 내면을 읽어가는 동안 따뜻했다.

그리고 두 시간 동안의 잠.

오전 10시 45분. 회진에 닿는다. 장흥군의 조산인 천관산이 남해의 물살과 만나는 자락에 부려놓은 포구. 나라 안의 낚시꾼들에게 바다낚시로 널리 알려진 이 포구에 들어서는 순간 나는 조금 긴장한다. '수입개방 강요하는 미국놈들 물러가라'는 플래카드 때문이 아니었다. 스물둘에서 셋까지의 2년 동안을 나는 이곳 바다에서 생활한 적이 있다. 해안 초소 경계병으로.

나는 가능한 한 터벅터벅 걸으며 선창에 늘어선 간판 하나하나를 읽어나간다. 추억 만들기, 약속, 황제, 금수, 무등, 샛별, 명……. 내가 읽어나가는 간판들은 찻집의 이름들이었다. 그 무렵 회진에는 내 기억으로 꼭 한 군데의 찻집이 있었다. 건화 다방. 눈보라가 펄펄 날리는 겨울날 건화 다방에는 톱밥 난로가 활활 타오르고 있었다. 갯일을 끝낸 바다 사내들이 톱밥 난로 주위에 모여들어 불을 쬐었다. 화력이 좋은 톱밥 난로는 그들의 얼어붙은 손을 녹여주었고 따뜻한 피가 도는 그 손으로 커피가 아닌 소주를 마셨다. 사이다 잔에 2홉들이 소주병을 붓고 거기에 고춧가루를 얼마쯤 타서는 두세 잔 거푸 마셨다. 어느 날은 내게 그 큰 소주잔이 건네지기도 했다. 어이, 전경. 생각 있으면 자네도 한잔 마셔. 그렇게 소주를 마시고 그들은 다시 갯일을 보러 나갔다. 뒷날 내가 쓴 시, 「사평역에서」에 나타나는 톱밥 난로는

174

사실 회진의 이 건화 다방에 놓여있던 톱밥 난로를 슬쩍 빌려
온 것이다.

회진에 건화 다방은 없어졌다. 그러나 그 자리에는 '미광'이라
는 이름을 지닌 또 다른 다방이 영업을 하고 있었다. 사이다 잔
에 고춧가루를 푼 소주를 거푸 마시고 바다로 나서던 그 사람들
은 지금 다 어디로 갔을까.

낮 12시 10분. 김준임 씨(59세)의 팥죽집은 회진 장터 한 귀에
자리하고 있다. 다 떨어진 양철 지붕에 비닐로 군데군데 비 가림
을 한 허름한 이 팥죽집에 우연히라도 들른 여행자라면 그는 지
극히 큰 행운을 잡은 사람이다. 식탁에 앉은 지 십 분 만에 지상
에서 가장 맛있는 팥죽 맛을 보게 될 것이므로.

그 자리에서 밀반죽을 하고 통팥을 간 팥죽 맛은 지극히 순했
다. 주인이야 인사치례로 소금과 설탕을 가미할 것을 권했지만
곡우 전 찻이파리의 맛보다 더 담백한 팥죽 그대로의 맛을 나는
천천히 즐겼다.

그리고 반찬. 2천 원짜리 팥죽 한 그릇에 따라 나오는 밑반찬
의 가짓수가 여섯. 게장, 갈치창젓, 반지락젓무침, 고구마순무침,
열무 물김치, 김치. 흔히 전라도 밥상의 품위는 딸려 나오는 찬거
리에 몇 가지의 젓갈이 오르느냐로 구별한다. 두 가지면 보통, 세

가지 이상이면 상급에 든다. 젓갈 맛이 깊고 개미가 있다면 금상
첨화. 준임 씨의 밑반찬 중 반지락젓무침과 고구마순무침은 지금
까지 내가 먹어본 같은 종류의 찬 중에서 가장 깊고 우아한 맛
을 지니고 있었다. 게장과 열무 물김치의 시원한 맛 또한 어디에
내놓아도 손색이 없었다.

"아침에 바닷일 하고 들어오면 배가 출출할 것 아니요? 그러면
우리는 다짜고짜 큰 솥째 들고 배로 가요. 그리고 다들 모여서
팥죽을 먹지요. 아, 그 맛 정말 먹어보지 않은 사람은 몰라요."

함께 팥죽을 먹던 한 회진 사람이 그렇게 얘기했다. 그러나 준
임 씨의 팥죽이 세상에서 가장 맛있는 팥죽으로 불릴 수 있는
데는 또 다른 이유가 있다. 인생 유전. 세상살이의 험하고 깊은
애환을 팥죽을 먹는 동안 얻어듣는 것이 그것이다. 너무 착하고,
순하고, 남에게 나쁜 짓이라고는 어린 고춧잎 하나만큼도 하지
않은, 그가 겪은 세상살이의 난삽함이 술술술 흘러나온다. 그에
게 나쁜 짓을 한 사람은 많았지만 그는 지금 장터 한 귀에 팥죽
집을 차릴 수 있는 현실만으로도 지극히 만족한다.

"장날 할머니들한테는 천 원씩에 팔고 돈 없어 보이는 사람한
테는 아예 돈을 받지도 않아요."

준임 씨가 잠시 자리를 비운 사이에 식탁에 앉은 또 다른 뱃
사람이 건넨 말이다. 준임 씨의 팥죽집은 주인의 천진한 이야기

와 그 순박한 맛으로 회진을 찾는 사람들에게는 점점 알려져가고 있다. 어떤 때는 관광버스로 단체 낚시질을 하러 온 사람들이 한꺼번에 주문을 하기도 한다. 식탁에 앉을 수 있는 사람이 여덟 명뿐이므로 그들은 주문한 팥죽을 버스에 앉아 배달받아 먹는다. 그럴 때는 준임 씨의 친구들이 기꺼이 일을 돕는다. 준임 씨의 팥죽이 많이 팔리는 것은 좋은 일이지만, 그 이야기를 들은 나는 은근히 부아가 치밀기도 했다. 2천 원. 도무지 이익이라고는 남을 것 같지 않은 2천 원. 서른 명이 식사를 하고 횟집에서 두 명의 식사비도 안 되는 돈을 건네고……. 준임 씨에게 다시 만날 것을 약속하고 길을 율포 쪽으로 잡는다. 그곳에 소설가 한승원 선생이 해산토굴(海山土窟)을 짓고 칩거한다.

바람과 용, 그리고 해산토굴 주인을 위하여

하늘로 오르는 마을 끝, 구룡금에서

햇살이 카랑합니다. 저는 지금 15번 국도 위에 있습니다. 혹, 이 길 많이 다녀보셨는지요. 사평에서 벌교 거쳐 나로도에 이르는 길 말입니다. 그렇게 말하는 것보다 주암호를 낀 길이라고 말하는 것이 더 알기 쉽겠군요. 이 호수 물빛 참 맑고 이쁩니다. 가만히 들여다보고 있으면 지용의 시가 절로 떠오릅니다. 그리운 마음 호수만 하니 두 눈 꼭 감을밖에…….

며칠 전부터 무척 많이 당신 그리워졌습니다.

길은 호반을 따라 이어집니다. 깊은 가을날이 수면 위에 아늑하게 잠겨있습니다. 산 그림자들, 억새꽃들, 주황빛 꽃등처럼 서있는 감나무들, 그리고 바람들……. 오랫동안 바람을 많이 사랑했습니다. 그들 속에 서있으면 지상의 모든 쓸쓸한 것들의 얼굴이 보였지요. 생각하면, 바람보다 더 쓸쓸한 존재도 없겠지요. 흔적도, 꿈도, 미래도, 빛깔도, 목소리도, 아무것도 없으니까요. 그저 길섶에 피어난 쑥부쟁이의 꽃대궁을 한두 번 흔들어보기도 하고 노랗게 물든 느티나무의 이파리 몇 개를 허공 중에 띄워 보내기도 할 뿐입니다. 어떤 산골의 눈빛 참 맑은 계집아이가 산죽 이파리로 나뭇잎배를 만들어 띄울 때 나뭇잎배 뒤에 작은 파문을 새겨놓는 것도 바람이기는 합니다. 두 손을 모은 그 애가 물길이 막히지 않고 나뭇잎배가 제 항로를 따라 여행할 수 있기를 기도할 때, 그 애의 등 뒤에서 산당화 꽃향기를 폴폴 날리는 것도 다 바람의 일이지요. 참, 지난여름 내가 사는 집 앞의 은사시나무들이 모두 뿌리가 뽑혀 쓰러졌습니다. 까치집이 얹혀있는 참 보기 좋은 나무들이었지요. 그것도 바람의 일이기는 합니다.

짐작하시겠지만 내가 바람을 사랑하는 제일 큰 이유는 자유롭다는 것입니다. 세상 사람 중에 아무도 그 사실을 모르는 이는 없겠지요. 그런데 세상 사람 중에 그만큼 자유로운 존재가 없다는 것도 또한 사실입니다. 많이 쓸쓸할 때, 가진 것이 아무것도 없고 가슴속이 텅 비어 지상 위의 모든 집착들로부터 벗어날 때 드디어 자유로워질 수 있는 것은 아닌지요. 금고에 돈이 쌓여 있고, 도시에 큰 집이 있고, 책갈피 속에 연인의 사랑스러운 편지가 가득 꽂혀있다면 그 영혼이 어떻게 가벼워질 수 있을까요. 족쇄에 채워진 채 자신의 몸 하나도 제대로 움직일 수 없는 사람이 어떻게 지상의 풀잎이나 나뭇잎 하나를 들어 올릴 수 있을까요. 존재의 비상. 그것은 쓸쓸함만이 줄 수 있는 큰 선물이 아니겠는지요.

말이 길어졌습니다. 사실은 당신이 몇 해 전, 서울 살림을 청산하고 고향 바다로 돌아갔을 때 많이 부러웠습니다. 의미가 무엇인지 알 수 없었지만 당신의 선택에는 바람의 냄새가 묻어있었습니다. 그것도 짙은 풀 냄새가 밴. 가끔씩 그 풀 냄새를 떠올리곤 합니다. 울란우데라고 하는 시베리아의 한 초원 지대에 들른 적이 있었지요. 지평선 끝까지 초원이 이어졌습니다. 바람이 불어오는데, 그 강렬한 풀 냄새라니요. 지상의 모든 풀들과 야생의 꽃들이 바람과 서로 살을 섞어 흔드는 듯한……. 서방 세계로 망명했던 솔제니친이 박해가 따를지도 모를 고국으로 돌아오면서 스텝의 풀 냄새가 너무 그리웠다고, 더 이상 그 풀

냄새를 떠나 살 수는 없노라고 얘기한 말을 충분히 이해할 수 있었습니다.

나는 지금 나로도로 가는 중입니다. 그곳에 내가 아는 한 어부가 있습니다. 꼭 8년 전, 그를 만난 적이 있었지요. 당신에게 그 어부의 이야기를 들려주고 싶었습니다. 그 어부가 사는 마을의 이야기도…….

차 안에서 얼마 전 당신이 펴낸 시집을 읽었습니다. 해산토굴. 당신이 시를 쓰는 거처의 이름이 시편들과 살을 섞는 모습이 눈에 선했습니다.

꼿꼿이 쳐들고 온 머리부터를 모래톱에 처박고

온몸을 양파 껍질처럼 말면서 곤두박질치고

울부짖는 그대

멀고 먼 세상에서 흰 거품 빼어문 채 내내

사랑하고 악다구니 쓰며

줄기차게 살아온

그 삶을 후회하는가.

— 한승원, 「파도」 전문

「파도」라는 제목이 붙어있군요. 귀거래사인가요. 참 씩씩한 귀거래사입니다. 옛 사람들의 귀거래사는 대부분 전당포에 옷 잡혀 술 마시고, 황소 타고 피리 불고, 꽃 냄새에 취해 밤새 책 읽고……. 운치가 없는 것은 아니지요. 당신의 귀거래사, 결코 그 격이 떨어지지 않습니다. '온몸을 양파 껍질처럼 말면서 곤두박질치는' 그런 귀거래사를 읽은 적이 없지요.

길은 지금 푸르스름한 빛을 뿌립니다. 하늘이 한없이 투명하고, 몇십 리 호수의 물빛에 눈을 데인 탓입니다. 한산 세모시에 애벌의 쪽물을 들인 듯한 길이 바람 속으로 이어집니다. 어린 시절, 그러니까 바람을 사랑하기 훨씬 전의 일이지요. 나는 하늘을 사랑했습니다. 세상의 모든 길 끝에는 하늘로 올라가는 사다리가 있다고 믿었지요. 언젠가 꼭 그 사다리가 있는 길 끝에 이르고 싶었습니다.

내가 하늘을 사랑한 이유는, 웃지 마세요, 그곳에 용이 살고 있다고 믿었기 때문입니다. 구체적으로 얘기하자면 그곳의 어떤 구름 속이지요. 큰 눈과 아름다운 금빛의 비늘을 지닌, 세상의 그 모든 것들 다 움켜쥘 수 있을 것 같은 신비한 발톱을 지닌……, 용의 모습은 내 어린 시절 꿈의 모습이기도 했지요. 길 끝까지 걸어 하늘에 올라 용과 깊게 포옹하고 싶었지요. 너의 눈과 너의 비늘과 너의 발톱을 그대로 닮은 무엇이…… 되고 싶어.

이 바다에

왜 왔니

하고

파도가 물었다

세상의 실개천물들

큰 강물들 다 흘러들어온

그대 토굴 앞 마당에 가로눕혀놓은

바다

내가 말했다

어느 날 문득

풍덩 빠져서

한 송이 연꽃으로

솟아오르려고.

　　　　　　　─한승원,「이 바다에 왜 왔니」전문

　이 시를 읽다가 웃었습니다. 당연히 '연꽃' 때문이지요. 한 송
이 연꽃으로 솟아오르겠다는 얘기가 무명인지 무명진인지 잘 구
별이 안 됐지요. 어쩌면 그 경계 없음이 이 시가 지닌 매력인지도
모르지요. 쓸쓸함의, 허허로움의 큰 언덕을 넘어서면 그곳에도
분명 또 다른 세계가 기다리고 있을 테니까요. 당신, 벌써 그 세

계를 슬쩍 보아버린 것은 아닌지요. 그렇다면 숨기세요. 그것은 인간의 영역이 아니니까요. 신들이 얼마나 짜증을 잘 내고 시기를 잘 하는지 당신 아세요? 운명이란 말 그 자체가 그들이 우리 인간에게 씌운 촘촘한 삼강망 그물이라는 것도……

이제 내가 당신에게 보여주고 싶은 마을에 이르렀습니다. 이 작은 갯마을의 이름이 얼마나 사랑스러운지, 당신 놀라지 마세요. 구룡금(九龍錦)이랍니다. 아홉 마리의 용이 살고 있는 갯마당이라는 뜻이지요. 나로도에는 이곳 사람들이 '8금(錦)'이라 부르는 조그만 갯마을들이 있지요. 하방금, 신금, 뻘금, 엄난금, 방죽금, 청석금, 명당금이 그들 이름이지요. '금'이라는 말은 정확한 어원은 모르지만 개펄을 가리키는 말이겠지요. 바닷가 사람들에게 개펄이란 삶의 비단 자락과 다름없는 것이니까요.

용을 꿈꾸었던 내가 구룡금이란 마을을 처음 찾았을 때 느낌 아시겠어요? 사다리가 놓인 길 한 끝에 이른 느낌이었지요. 당신 이곳 바다를 한번 둘러보세요. 아홉 마리의 용이 살기는커녕 한 마리의 용도 살 수 없는 좁은 바다라구요? 처음에 나도 그랬답니다. 섬과 섬들 사이에 낀 이 마을 앞을 채운 바다는 바다라기보다는 오히려 강물 줄기 같았지요. 강물이 산과 산 사이를 돌아 흐르는 모습이었답니다.

사람들은 이 마을이 다른 8금의 마을들과 함께 아주 가난한 마을이었다고 얘기했지요. 시집가기 전 쌀보리 한 말만 먹어도 다행이라 했다니까요. 그런데 이 '금' 자가 붙은 개펄 마을들은 지금은 다 어느 정도 살림 형편이 풀렸답니다. 국립공원으로 지정될 만큼 청정수역인 데다 이곳 개펄에서 잡히는 어패류들이 좋은 값으로 팔려나가게 되었으니까요.

"보릿고개 때 보리밥 한 술 얻어먹기가 꿈일 적에도 갯가에는 괴기들이 주체할 수 없을 만큼 사방천지에 널렸지. 아홉 마리 용을 너끈히 먹여 살릴 수 있을 만큼."

여든이 넘은 한 노인이 이렇게 말을 해주었답니다. 바지락과 석화의 생산이 특히 유명한데 이곳의 바지락과 석화는 일본과 유럽까지 수출된다고도 합니다. 서른네 호의 집들이 들어서있는 선창에서, 내가 찾고자 하는 집은 두 집이지요. 한 집은 정권식이라는 이름을 지닌 어부의 집이고 다른 한 집은 언덕 위로 올라가는 돌계단이 아주 보기 좋은 집입니다. 그 집의 계단 위에서 바라보는 구룡금 바다의 모습은 참 보기 좋았지요.

8년 전 처음 정씨를 만났을 때, 마을 사람들은 그를 '바다와 연애하는' 사람이라 불렀습니다. '열애'라는 표현을 쓰는 사람도 있었지요. 당시 서른다섯 살이던 정씨는 그보다 나이 다섯이 적은 그의 아내와 바다에서 삶을 꾸렸습니다. 해가 뜨거나 지거나 상관없이 바다에서 살았지요. 바다에서 밥 먹고, 바다에서 잠자고, 잡은 고기는 직접 배에 실어 나로도의 축정항이나 여수까지 나가 팔았습니다. 억척같이 일했지요. 그런 그가 모처럼 집에 들면 하는 일이 무엇이었는 줄 아세요? 놀라지 마세요. 시집을 읽는 것이었답니다. 다 쓰러져가는 그의 슬레이트 집 안의 작은 책꽂이에 시집들이 꽂혀있었습니다. 보들레르, 소월, 롱펠로, 브라우닝, 포, 한용운, 엘리엇, 휘트먼, 베르네르, 하이네, 셰익스피어에 이르기까지……. 책꽂이에 꽂힌 시집의 종류는 그가 바다에서 잡는 어족들의 수효보다 많았지요. 셰익스피어의 번역 시집이 있다는 것도 그곳에서 처음 알았구요. 마을 사람들은 그가 3년만 지나면 마을에서 제일 큰 부자가 될 거라고 얘기했지요.

세속적이기는 하지만 그런 그의 모습을 언젠가 꼭 확인하고 싶었지요. 그의 집은 번듯한 양옥으로 바뀌어있었습니다. 그는 여수로 출타 중이었고 핸드폰을 걸자, 그는 나를 기억했습니다. 그러고는 어떤 형식으로든 자신이 취재 대상이 되기 싫다는 얘기를 했지요. 아쉬움을 그의 막내 동생 정일영(30세) 씨가 대신해주었답니다. 그는 고깃배에 나를 싣고 그와 그의 형이 함께 일하는 어장에 나가 그물을 걷어서는 참조기와 숭어, 전어, 삼치들을 잡았습니다. 바다 위에서 지는 해를 보며 생선회를 먹었지요. 공고의 전기과를 졸업한 그는 대학보다 자신의 삶에 충실한 것이 더 의미 있는 일이라고 생각되어 바다를 선택했다고 얘기했습니다.

돌계단이 있는 집은 여전했지만 그곳에 살고 있는 사람은 없었습니다. 당신의 시 「어등(漁燈)」을 누군가에게 읽어주고 싶은 시간입니다. 시집을 읽고 많이 쓸쓸했습니다. 그래서 그만큼 행복해지기도 했지요. 아침저녁 감기 조심하세요. 고향 바람에 감기 드는 것도 자유로운 일이라구요? 그렇군요. 집어등이 켜지는 시간입니다. 당신의 쓸쓸함도 어디선가 불을 켜겠지요. 그 불빛들 속에 내 마음의 쓸쓸함들도 하나씩 새겨봅니다. 좋은 시 많이 쓰세요. 좋은 소설도 또한.

개펄이 만든 지평선이 보이네

변산반도 국립공원 왕포

개펄 위에 두 마리의 갈매기가 내려앉아있다. 한 마리는 개펄을 열심히 파헤치고 다른 한 마리는 그냥 날개를 폈다 접었다 한다. 그러다가 물살이 발목을 간지럽히면 부리로 물살을 톡 쪼아보기도 한다. 이방인의 시선에는 관심이 없다.

지금부터 한 시간 전, 나는 이 포구에 도착했다. 왕포. 표지석

에 새겨진 포구의 이름이 전혀 매력적이지 않았다. 그럼에도 나는 이 포구에서 하룻밤을 묵어갈 생각을 했다. '빛이 있는 마을'. 표지석에는 왕포라는 포구의 이름 외에 여섯 자의 작은 글자가 함께 새겨져있었다. 빛이 있는 마을. 나는 이 포구의 어딘가에 있을 그 빛을 보고 싶었다.

갈매기들은 여전히 개펄 위를 서성이고 있다. 배경으로 깔린 무한정한 개펄이 보기 편하다. 나는 카메라의 셔터를 몇 번 눌렀다. 기실 서해안에서 가장 보기 좋은 것은 개펄이다. 특히 삶이 난해하고 핍진한 이들에게는 더욱 그렇다. 짙은 회색빛으로 끝없이 이어지는, 겉으로 보아서는 황폐할 대로 황폐해진 흙들의 지평선. 그리고 냄새. 코끝이 얼얼해지는 갯내음 속에 서서 얼마쯤 서성이다 보면 저잣거리에 두고 온 진흙투성이의 세상일들은 문득 지워지기 마련이다. 개펄 위에 숭숭 드러난 구멍 속으로 게들이 들락날락하는 것을 지켜보다가, 어부들이 작은 고깃배를 몰고 개펄 언덕 사이에 난 물길을 따라 바다로 나가는 것을 바라보기도 하다가, 자신이 알지 못하는 사이에 개펄과 바닷물이 만나는 경계 지점에 서서 소라고둥이나 바지락을 캐기도 한다.

방금 두 마리 갈매기 중 한 마리가 날아갔다. 나는 남은 한 마리도 곧 날아갈 거라는 생각을 했다. 둘은 내가 선착장에 도착한 시간부터 함께 시간을 썼다. 꽤 긴 시간이 내게 그런 생각을 하게 했다. 그런데 아니었다. 남은 녀석은 그대로 개펄 위를 서성였다. 슬몃 날개를 펴기도 하고 개펄을 파헤치기도 했다. 먼저 날아 간 녀석 쪽에는 전혀 신경을 쓰지 않았다. 나는 녀석의 그런 모습이 맘에 들었다.

개펄 위에 배들이 나란히 얹혀있다. 밧줄에 묶여있지만 그들의 모습 또한 보기 편하다. 노예들의 휴식은 아닌 것이다. 밀물이 들면 그들은 다 푸른 바다로 나갈 것이다. 배들이 싱싱한 물보라를 일으키며 바다로 나가는 모습은 사랑스럽다.

선착장에서 두 사람이 그물을 깁고 있다. 아마도 부부일 것이다. 그들이 일하는 모습이 보기 좋았으므로 나는 카메라 셔터를 몇 번 눌렀다. 그때 여자가 내게 상말을 쏟았다. 허락도 없이, 어디서. 나는 몇 번 미안하다고 말을 했다. 남자가 여자의 쏟아지는 말을 막았다.

나는 개펄 위에 얹힌 한 척의 배 위로 올라갔다. 이물에 앉아서 마주 보이는 마을의 집들을 하나둘 세기 시작했다. 바다로 내려선 언덕배기에 자리한 마을의 지붕들을 세는 것은 어려운 일이 아니었다. 40호쯤, 신기한 것은 바다 쪽에서 보아 마을의 맨 오른쪽 끄트머리 바닷가에 모텔이 하나 들어서있는 점일 것이다.

처음 내가 이 포구에 들어섰던 이유 중의 하나가 바로 이 모텔이었다. 하룻밤 잠자리가 필요했던 나로서는 서해의 개펄과 그

내음을 실컷 보고 맡을 수 있는 이 집이 싫지 않았다. 오래 묵은 어촌의 풍경과 모텔의 모습이 이질적이었지만 나는 탓하지 않기로 했다. 나그네는 하룻밤 잠자리를 얻으면 족한 것. 인간의 욕심을 탓하자면 그 끝이 어디 보일 수 있을 것인가. 그물 깁던 아낙이 내게 욕을 해댔던 것도 어쩌면 그 낯선 풍경에 대한 저항일 수 있으리라.

이물에 앉아 나는 가져온 책을 폈다가 다시 접었다. 나는 엽서 한 장을 쓰기 시작했다. 아무래도 오늘 낮의 풍경을 얼마쯤은 기록해두어야 할 생각이 우선했기 때문이었다. 누구에게? 나는 잠시 수신자를 생각했다. 몇몇의 얼굴이 떠올랐다. 나는 엽서를 써내려가기 시작했다.

안녕, 이곳은 서해안 변산반도에 있는 작은 갯마을이야. 라면과 화장지를 파는 구멍가게가 하나 있고 개펄이 넓게 펼쳐져있지. 개펄이 만든 지평선이 보여. 물론 수평선이 있지.

낮엔 변산반도 이곳저곳을 찾아다녔어. 부안읍에선 한 공동묘지를 찾아갔는데 그곳에서 두 개의 무덤을 보았어. 매창이라는 기생의 무덤과 이중선이라는 소리꾼의 무덤이었지. 둘 모두 아름다운 여자들이었다고 비석에 새겨진 걸 보았지. 보라색의 도라지꽃들이 무덤 주위에 많이 피어있었어.

내변산은 예부터 산림이 우거진 곳으로 알려져있지. 골짜기가 아주 깊어. 전쟁 같은 때 숨어 지내기에 좋은 열 군데 땅 중의 하나로 옛 지리책에 적혀있어. 그곳에서 직소폭포를 보았지. 산속 길을 십 리쯤 걸어 폭포를 만났는데 첫 대면의 순간을 어떻게 설명해야 할지…….

신비함과 큰 부끄러움의 물기둥이 쏟아져 내렸어. 언젠가 내게 물었지. 좋은 시? 좋은 시? 그때 내가 이 폭포를 알았더라면 근사한 답을 해줄 수 있었을 텐데……. 폭포에서 한나절을 보냈지. 언젠가 네게 꼭 이 폭포를 보여주고 싶어.

나는 엽서 쓰기를 마쳤다. 배에서 내려 선착장 이곳저곳을 돌아다니며 나는 자꾸 수평선 쪽을 바라보았다. 노을이 충분히 짙을 시간이었다. 그러나 오늘 나는 노을을 쉬 보지 못할 것이다. 하늘 가운데의 먹장구름이 수평선 쪽까지 밀려와있었다.

잠방이를 입은 마을 노인이 선착장으로 걸어 나왔으므로 나는 물었다. 빛이 있는 마을. 노인은 이곳의 노을이 서해안에서 가장 볼만하다는 얘기를 했다. 나는 고개를 끄덕였다. 그때 태양이 구름의 옅은 그늘 속에서 빛을 뿌렸다. 완전한 석양의 노을은 아니었으되 그 빛은 노인의 답에 대한 충분한 근거가 되었다. 장마철이 아니었으면 당신도 보았을 것이오, 이곳 노을이 얼마만 한 꽃밭인지를. 노인의 이 말이 내 마음속에 또 하나의 꽃밭을 일구어놓았다.

줄포만 밖의 육지와 섬에서 불빛들이 하나둘 켜지기 시작했다. 나는 선착장을 걸어 나와 모텔로 가는 길을 걷기 시작했다. 방파제 기슭에서 젊은 여자와 남자가 낚시질을 하고 있었다. 마침 남자가 한 마리의 고기를 낚아 올렸다. 고기의 허리가 공중에서 휘어지는 동안 여자의 손뼉 소리가 울렸다. 남자가 낚싯바늘에서 고기를 빼내더니 바다로 다시 던져주었다. 삶은, 개펄은, 개펄 내음은, 먼 섬마을의 불빛들은 다 사랑스럽고 소중한 것. 좋은 시간 되시오. 그들이 내게 같은 말을 했다. 오늘 밤뿐만이 아닌 이승에서의 시간 내내. 나는 그들에게 들리지 않을 말을 혼자 중얼거렸다.

나는 모텔로 돌아와 바다로 향한 창문을 다 열어젖혔다. 빛이 있는 마을. 그 마을의 어둠 속에서 커피 향보다 고소한 갯내음이 스멀스멀 밀려오기 시작했다.

천천히, 파도를 밟으며, 아주 천천히……

전북 고창군 상하면 구시포

　　　　　　법성포에서 22번 국도를 타고 도
계를 넘어 고창군의 공음, 상하에 이르는 길은 꽃향기에 덮여있
다. 길가에 심어진 아카시아 나무들이 바야흐로 만개의 시간을
맞이하고 있는 것이다. 바람이 일 적마다 자욱한 꽃향기가 후각을
자극한다. 그 꽃향기 속을 후적후적 걷노라면 멀고 가까운 산언
덕 여기저기에 아지랑이가 인다. 황토빛 속으로 번지는 꽃과 향기

와 아지랑이의 축제……. 시간들이 옅은 녹색의 입성을 차려입고 마을과 언덕과 산을 온통 설레게 하는 모습도 한없이 보기 좋다.

상하면 소재지에서 구시포로 이르는 6킬로미터쯤의 733번 지방도로는 그 주변 풍경으로만 치자면 우리나라에서 가장 전형적인 시골 마을의 풍경을 지니고 있다. 얕은 황토 언덕의 양지받이에 추녀가 낮은 집들이 서로 이마를 맞대고 있고, 가끔씩은 아직 아궁이 불을 때는 집에서 밥불 연기가 솟아오르는 모습도 정겹게 볼 수 있다. 바람이 없는 날 마을의 여기저기서 한가하게 솟아오르는 연기의 모습은 이제 막 익기 시작한 울타리의 앵두들 모습과 어울려 여행자에게 시정(詩情)을 느끼게 한다.

사실 이 마을들은 지금부터 7, 8년 전까지만 해도 꽤 많은 초가들을 지니고 있었다. 마을에 따라서는 한 집 건너 한 집이 초가인 경우도 드물지 않았다. 길을 가다 먼 마을의 초가지붕을 보면 이승에서 예민해질 대로 예민해진 마음의 결들이 절로 부드러워지는 것을 느끼게 된다. 그냥 바라보는 것만으로 마음이 평화로워지는 것이다.

가끔씩 그 초가지붕을 보기 위해 나는 이곳 마을에 들르곤 했었다. 그러고는 유채꽃이나 장다리꽃이 피어있는 밭 둔덕에 앉아 눈이 시릴 때까지 마을의 모습을 바라보곤 했다. 배추흰나비가 팔랑팔랑 돌담 사이로 날아가고……. 그렇게 한나절을 보내고 돌아오면 알 수 없는 힘 같은 것들이 가슴속에 차오르곤 했던 것이다. 그 초가지붕들이 지금은 다 사라지고 없다.

'구시포'란 이름이 언제 생겼는지에 대하여 이곳에 오래 삶의 뿌리를 내린 이들은 일정한 기억을 지니고 있다. 유년시절 그들의 기억에 의하면 구시포의 원 이름은 '새나리불뜽'이었다. 처음 이 이름을 들었을 때 내 마음속에서 파란 날개의 새가 힘차게 날아오르는 느낌을 받았다. 나는 순우리말의 이 아름다운 마을 이름이 본능적으로 좋았다.

'새나리'의 나리는 갯가를 의미하는 우리말이요, '불뜽'은 아마 '불뜸'에서 전이된 말일 것이다. '뜸'은 우리말에서 자연부락을 의미한다. 그렇게 보았을 때 구시포의 옛 이름은 '새 바닷가의 불같이 일어날 마을'쯤이 된다. 대단히 미래 지향적이고 예언적인 이름인 것이다.

그 이름이 일제 강압 시절 구시포(九市浦)로 바뀌었다. 아홉 개의 도시, 혹은 아홉 개의 저자를 먹여 살릴 마을이란 뜻이니 바뀐 이름의 의미 또한 그닥 낮은 것은 아니다. 하긴 그 무렵의 새나리불뜽은 충분히 아홉 개의 저자를 지닐 만한 이력을 지니고 있었다. 바로 눈앞의 바다가 칠산바다. 물 반 고기 반이라는 말 그대로 칠산바다는 온통 조기떼로 뒤덮인 바다였다. 거기에 이곳의 개펄은 서해안의 개펄 중에서도 가장 광대한 규모를 자랑했다. 이웃한 동호 해수욕장까지 치면 삼십 리의 바닷길이 폭

1킬로미터쯤의 개펄로 죽 이어졌으니 아홉 개의 저자가 충분히 들어설 만했던 것이다.

"새나리불뚱 하면 해당화꽃이 일품이었소. 명사십리 바닷가에 왼통 널브러져 피었는디 가시가 사나워 많이 찔리기도 했소. 꽃향기가 고와서 한창때면 꽃바람이 선운사까장 날아갔다오. 선운사 동백꽃이요? 이곳 해당화에 비하면 아무것도 아니었소."

노랑조개를 잡고 있던 한 할머니가 전설처럼 옛이야기를 들려준다. 옛이야기라고 해도 십 년이 조금 넘었을 뿐이지만……

구시포의 개펄색 모래밭도 '명사십리'로 불린다. 구시포의 왼쪽 고리포에서 오른쪽의 장호와 동호까지 합한다면 삼십 리도 넘을 터이지만 사람들은 그냥 명사십리라고 편하게 부른다. 그 해변길에 지천으로 해당화가 피었다니 장관이었을 것이다. 그러던 것이 단 한 뿌리도 남지 않고 멸종되었다.

당뇨병 때문이었다고 한다. 해당화 뿌리가 당뇨병에 특효라고 해서 어느 날 외지에서 사람들이 몰려들기 시작하더니 급기야는 포클레인까지 동원해 채굴(?)하는 상황에 이르렀다. 논밭까지 올라와 괴롭히던 가시덤불에 대한 귀찮음 때문으로 새나리불뚱 사람들은 아무 반대도 하지 않았다. 그 해당화 꽃과 향기, 가시덤불을 사람들은 지금에서야 그리워한다.

구시포의 명사십리는 명사(鳴沙)가 아닌 명사(名沙)로 쓰인다.

넓은 모래사장과 여유 있는 송림에도 불구하고 구시포가 최고의 해수욕장이 되지 못하는 이유가 여기 있다. 모래는 모래다워야 제맛이 날 것이다. 밟으면 사그락거리는 모래울음 소리가 나야 하고 경우에 따라서는 모래성 쌓기 놀이나 모래찜도 할 수 있어야 한다. 이런 것들이 구시포의 모래사장에서는 불가능하다. 모래가 너무 가늘고 고와 마치 흙덩이처럼 엉겨 붙었기 때문이다. 밟으면 발자국이 남지 않을 만큼 단단하다. 작은 트럭이나 승용차쯤은 발자국을 남기지 않고 길처럼 달릴 수 있다. 이곳 해안이 해당화의 천국이 될 수 있었던 것도 이런 이유 때문이었으리라.

그러나 구시포의 길고 넓은 개펄빛 모래사장은 이곳을 처음 찾은 여행자에게는 충분한 감동으로 다가온다. 끝이 잘 보이지 않는 산모퉁이까지 모래사장이 이어지고, 파도들은 그 모래 위를 천천히 올라온다. 범상한 여행자라도 그 개펄의 끝까지 가보고 싶은 욕구가 순간 일어난다. 천천히, 아주 천천히 해안선을 따라 걷노라면 어느 결에 해가 지는 모습도 만나게 된다. 도시에서 놀러 온 아이들이 가족들과 함께 모래 속을 뒤져 노랑조개를 잡고 있는 사이에, 해는 모래사장과 거의 수평으로 내려오며 짙은 먹빛의 바다도 이 순간만큼은 침착한 금빛이 된다.

천천히, 파도를 밟으며, 아주 천천히 모래펄이 끝나는 그 지점까지 걷는 동안 어둠이 찾아든다.

3부

길 위에서 추는 춤

집어등을 켠 '만휴'의 바다

남제주군 대정읍 사계포

 맑은 날, 비행기 위에서 바라본 제주 섬의 모습은 아름답다. 옅은 소라색과 짙은 창포빛이 함께 어울린 물살, 밀감밭을 이리저리 구부러져 나가는 돌담, 옛이야기처럼 포근하게 주저앉은 숲과 마을과 언덕들……. 나는 비행기의 창에 뺨을 붙인 채 한동안 그 풍광에서 눈을 떼지 못한다.

케아홀레 공항. 하와이 군도에서 제일 큰 섬의 여행기를 쓰기 위해 그 공항에 내렸을 때 나는 가슴 깊은 곳으로부터 울려 나오는 탄성을 멈출 수 없었다. 세상에. 공항 청사 건물이 남태평양 원주민들의 초가집을 그대로 옮겨놓은 모습이었다. 규모를 조금 키웠을 뿐, 지붕을 갈대로 엮은 단층짜리 건물들이 몇 채 이어진 사이로 아열대의 초목들이 무성하게 자라고 있었다. 나무보다 더 높은 건물이 없으므로 주변의 경관이 한눈에 들어왔다. 먼 산의 능선들이 한가롭게 흰 구름을 만나는 모습을 지켜보던 나는 이곳이 외국 항공사의 비행기들이 취항하는 국제공항이라는 것을 좀처럼 느낄 수 없었다. 자연에 흠집을 내지 않고 온전히 동화된 모습, 나는 이곳이 세계적인 관광지와 휴양지로 주목받는 이유를 이해하기 시작했다.

공항에서 차 한 대를 빌려 곧장 12번 국도를 달린다. 제주의 가장 바깥쪽 해안선을 따라 달리는 전장 181킬로미터의 이 일주 도로는 제주도의 자연 풍광이 그대로 드러난다는 점에서 누구든 한 번쯤은 달리고 싶은 욕심이 일어나는 길이다. 그러나 하늘에서 본 제주의 모습과 땅 위에서 만나는 제주의 풍경은 거리가 있다는 것이 솔직한 심정이다. 평범하게 지어진 공항 청사 건물과 기왕의 삶의 이력을 전혀 느낄 수 없게끔 완전히 개조된 마을들의 모습, 닥지닥지 붙은 가게의 간판들 모습이 관광지로서의 품격을 잃고 있다.

선조 때 시인 백호(白湖) 임제(林悌)는 목숨을 걸고 이곳 제주 바다를 여행했다. 태풍을 만나 돛대가 다 부러지고 거의 난파한 끝에 제주에 닿은 그는 육지와 완전히 다른 제주의 풍광에 매료된다. 용암석으로 지은 집들, 짚으로 만든 옷을 걸치고 다니는 원주민들, 물속 깊이 자맥질하는 해녀들, 동굴과 그 속의 커다란 박쥐들, 그리고 이름 모를 꽃들……. 남자라면 한 번은 큰 바다를 건너 제주를 여행할 필요가 있다고 『남명소승』에 적고 있는 것이다. 여행의 최고 덕목 중의 하나가 이국정서라 할 때, 임제가 제주를 찾았을 때만 해도 그 정서는 온전했던 것으로 보인다. 화산활동이 빚어낸 지형과 폭포 몇 개, 봄날의 유채꽃만으로 제주를 세계적인 관광지라 말할 수 있는 배짱은 없을 것 같다. 그런 점에서 오늘날 제주 섬 안에서 외국인 관광객들, 특히 서양인들의 모습을 찾기 힘든 것은 당연한 일이다. 문화가 파괴되고 전통의 흔적이 사라진 제주의 모습에서 그들이 독특한 이국정서를 느낄 여지는 없는 것이다.

그럼에도 불구하고 나는 제주바다에서 산방산이 자리한 사계포 앞바다를 많이 사랑한다. 우리나라를 처음 외국에 소개한 네덜란드 사람 하멜이 표류한 이쪽 땅은 사실 외국인에게 한국의 자연환경이 얼마나 아름다운지 처음 보여줄 만한 곳으로 손색이 없다. 대부분의 제주 어촌들이 고기를 잡아 생계를 잇는 전래

의 삶의 방식을 상실해가고 있음에 비하여, 이곳 선창에 즐비하게 늘어선 고기잡이배들을 바라보는 것은 큰 즐거움이다. 그들이 밤바다에 집어등을 밝히고 어로 작업을 하는 모습은 단순한 삶의 한 풍경 이상의 따뜻한 빛으로 가슴에 닿아온다.

그러나 이런 이유 외에도 내가 사계포 바다를 사랑하는 이유가 몇 있다. 이곳은 화가 이중섭과 추사 김정희의 예술혼이 쓸쓸하게 고여있는 땅이다. 소 그림으로 우리에게 널리 알려진 이중섭은 사실 소보다 훨씬 많은 게 그림을 그렸다. 그의 은박지 그림들을 살펴보면 어김없이 바닷게들이 등장한다. 해방이 되고 6·25가 터지는 동안 그는 이곳 바다에서 일본인 아내 남덕을 그리워하며 가난과 싸웠다. 그의 많은 끼니를 바닷게들이 해결했고 자신이 먹은 게들의 영혼을 위로하기 위해 자신의 그림 속에 게를 그려 넣었던 것이다. 용암석이 깔린 그곳 바닷가를 서성이는 것도 즐겁다. 서해안이나 남해안의 개펄에서처럼 많은 수효는 아니지만 가끔씩 집게다리를 내세운 게들이 한유하는 모습이 보인다.

해안선이 땅과 만나는 곳으로는 갈대가 피어 한창이다. 바람을 만나 가볍게 흔들리는 갈대의 모습을 바라보다 문득 발아래를 보면, 육지에서는 본 적이 없는 작은 꽃들이 수줍게 피어있다. 안녕, 언제부터 이곳에 살았니? 이중섭을 본 적이 있어? 하고 묻다가 그냥 풀밭 위에 몸을 누인다. 쌀쌀한 느낌이라고는 전혀 없는 포근한 햇살, 한가롭게 흘러가는 구름, 풀 틈새로 스며오는 희미한 꽃향기……. 이런 것들이 시간이 흘러가는 흔적을 전혀 느끼지 못하게 한다.

만휴(卍休). 이곳 바닷가에서 9년간의 유배 생활을 한 김정희는 세상 모든 것이 다 아름답다는 뜻의 짧은 경구를 남겼다. 〈세한도〉와 같은 걸품과 인구에 회자된 추사체가 김정희 예술의 봉우리라는 것을 모르는 것은 아니지만, 나는 이곳 바다에 서면 그보다도 9년간의 유배 생활이 그의 인생에 남긴 인간적인 성숙이 더 가치가 있는 것이라는 생각에 젖게도 된다. 안성리에 자리한 추사 적거지에 들러 나는 몇 번이나 '만휴'라고 새겨진 액자 앞을 서성거렸다. 만휴. 세상 모든 작고 쓸쓸한 것. 분노와 열정과 그리움들. 욕망과 좌절들. 따지고 보면 그 모든 것들이 지극히 인간적인 것들이라는 점에서 한 줄기 아름다움의 빛을 지닌다.

바로 곁 송악산에서는 마라도로 가는 배가 떠난다. 국토의 맨 남쪽 끝. 땅이 마지막 호흡을 멈추는 그곳으로 드나드는 배를 보는 것도 허허롭다. 천천히 선착장으로 내려가니 마지막 배가 이미 떠났다고 매표원이 일러준다.

어둠이 내릴 무렵 갈치구이를 파는 식당에 들렀다. 집어등을 켠 고깃배들을 바라보며 맥주 한잔. 육지에 두고 온 지지리도 못생긴 세상의 이야기들도 이곳에서는 그리운 불빛이 된다.

바다로 가는 따뜻한 바람처럼

우도 가는 길

    오후 4시. 나는 한라산의 제2횡단 도로를 건넜다. 갈대밭에 떨어지는 햇살들이 보기 좋았다. 공항에서 렌터카 회사 직원은 내게 두 가지 당부를 했다. 그의 웃음 끝이 맑았으므로 나는 그 당부를 끝까지 얌전하게 들었다.

    과속하지 말 것. 섬 안의 모든 도로에 감시 카메라가 설치되어 있어 육지로 돌아간 뒤 한두 장의 속도위반 스티커를 받는 것은

기본이라는 것이었다. 사실대로 얘기하자면 그의 첫 번째 당부
는 내게 필요 없는 것이었다. 나는 이미 3개월 전에 그의 말에 상
응하는 전과를 제주에서 경험한 적이 있었다.

두 번째 당부는 그가 미리 준비한 것이 아니었다. 차 열쇠를 건
네주며 그가 내게 오늘 저녁은 어디서 묵을 것인가 물었고, 내가
서귀포라고 대답하자 그의 웃음끝이 한층 싱싱해지더니 아침에
서귀포여고에 한번 들러보라는 것이었다. 그곳 교정에서 3년 동
안 바다를 보며 지냈노라는 말을 덧붙였다. 나는 그 당부가 그의
웃음끝처럼 마음에 들었다.

어두워지려면 시간이 좀 남았으므로 나는 중문으로 갔다. 하
얏트 호텔에서 커피 한잔. 따뜻한 향기. 나는 천천히 바다로 내
려갔다. 길고 하얀 모래밭. 나는 중문의 모래밭을 좋아한다. 석영
질이 전혀 없는 이곳의 모래들은 햇빛을 받아도 반짝이지 않는
다. 화장을 전혀 하지 않은 제 스스로의 살빛으로 파도를 만나
고 바람을 만나고 바닷새의 울음을 만나는 그 수더분함이 좋은
것이다.

그리고 가벼움. 중문의 모래들은 한없이 가벼운 체중을 지닌
다. 화산활동의 영향을 깊게 받은 돌들이 부서져 이루어진 탓이
다. 한 줌의 모래를 들어 공중에서 가볍게 풀어놓으면 모래들은
금세 바람의 결대로 날린다. 근엄함이나 엄숙함과는 전혀 거리가

먼 자유로운 비상……. 두세 줌, 거푸 바람에 모래를 날리며 나는 삶의 어깨 위에 지워진 무거운 짐들이 모래들처럼 바람에 날리는 환영에 잠시 젖는다.

모래밭의 한쪽 끝에는 난전이 펼쳐져있다. 해녀들이 이곳 바다에서 갓 잡아 올린 해물들을 파는 것이다. 나는 한 나이 든 해녀가 끄는 대로 자리에 앉아 한 마리의 해삼과 몇 마리 분량인지모를 새끼손가락만큼의 성게알을 먹었다.

오후 5시 15분. 나는 중문에서 서귀포로 가는 길을 천천히 달리기 시작했다. 이정표에 월평동과 강정동 입구 표시가 보인다. 제주 해안 일주도로에 인접한 여러 아름다운 마을들 중에서 나는 특히 이 두 마을을 좋아한다. 마을의 집들은 온통 돌각담으로 둘러싸여있다. 골목길 또한 돌각담으로 이루어져 처음 이 마을을 찾은 여행자라면 필시 미로인 골목길 어디에서 길을 잃기마련이다. 그 순간이 여행자에겐 행운의 시간이다. 길을 찾는 동안 여행자는 이집 저집을 본의 아니게 기웃거리게 되고 그곳에 스민 삶의 냄새들, 저녁 공기의 냄새들에 고스란히 젖게 되는 것이다. 대문이 없는 마당 안에 피어있는 꽃들이 보이고, 구멍이 숭숭 뚫린 용암석 사이로 정겨운 제주 방언을 쓰는 할머니의 모습이 보이고, 이른 저녁 밥상 앞에 모인 식구들의 모습도 보인다. 사

람들은 낯선 이를 경계하는 빛이 전혀 없다. 포장마차보다 조금 큰 예배당 또한 돌담으로 둘러싸이고, 좁은 골목길을 놀랍게도 경운기를 몰고 밀감밭에서 돌아오는 할아버지의 모습도 보인다. 길을 찾다가 목이 마르면 돌각담이 끝나는 곳에 수평선처럼 펼쳐진 밀감밭에서 밀감 하나를 따 목을 적셔도 좋다. 나그네가 자기 집 과원의 밀감 하나를 따는 것을 탓하는 사람은 제주 사람이 아니다.

날이 완전히 어두워졌다. 나는 외돌개 앞 일주도로 가에 차를 세웠다. 천지연과 정방폭포가 지척인 곳. 자동차의 시동을 끄고 나는 바다를 향해 섰다. 어둠과 바다는 지금 한 빛깔이다. 그 바다의 한복판에 꿈틀꿈틀 살아있는 생명체가 있다. 집어등. 고기잡이배들이 휘영청 어두운 밤바다에 불빛들을 밝혀놓은 것이다. 삶의 속내음을 고려하지 않는다면 이 불빛들은 아름답기 그지없다.

조선 선조 10년(1577년) 29세의 청년 시인 백호 임제는 바다를 건너 제주에 들어왔다. 그는 이제 막 과거에 급제했으며 그 기쁨을 제주 목사인 그의 부친에게 알리기 위해 '어사화 한 송이에 현금(玄琴) 한 장, 보검 한 자루'와 함께 난바다에 들어섰던 것이다. 그의 배는 파도 때문에 백도에서 하루를 정박했던 바, 그곳에서 처음 집어등을 보았다.

밤이 이슥하여 봉창을 열고 내다보니 구름 속의 달빛은 어
슴푸레하고 파도는 일렁거리는 것이었다. 사한도 쪽을 바라보
니 고기 잡는 불이 하늘을 붉게 비추어 실로 장관이었다.

—임제,『남명소승』중에서

임제의 제주도 기행기인 『남명소승』에 적힌 기록이거니와, 눈
앞의 집어등 불빛들이 지금부터 4백 년이 넘는 오랜 삶의 이력
을 지닌 것이라 생각하면 문득 가슴이 뭉클해진다. 날이 새자
임제는 뱃사람들의 만류에도 불구하고 출항을 명한다. 강한 파
도 속에 고기잡이하는 배들의 불빛에 그가 영향을 받았음은 분
명한 일.

시장기가 찾아왔다. 나는 서귀포 선창 근처의 한 갈치구이집
에서 저녁을 먹었다. 지난가을의 여행 때 이 식당에서 소설 쓰는
K를 우연히 만난 적이 있었다. 그는 결혼기념일을 맞아 그의 부
군과 함께 여행 중이었다. 임신 8개월이라는 그의 부른 배가 산
방산만큼이나 보기 좋았다. '한 아이가 태어나는 것만큼 아름다
운 혁명은 이 세상에 없다'는 말을 내게 처음 들려준 이는 소설
쓰는 김훈 선배였다. 나는 그 말을 그에게 들려주었다.

서귀포에서의 하룻밤은 따뜻했다. 바다가 훤히 보이는 여숙에
들어 집어등 불빛을 실컷 보다 가져온 책들을 뒤적거렸다. 여수.

영종 때 시인 석북 신광수(1712~1775년)는 『탐라록』에 가슴 아
픈 시 한 편을 남겼다.

둥둥 북 울리며 배는 떠나네
달은 지고 샛바람에 돛폭은 부풀었네
섬 여인아, 나라 일 급한 줄 알거든
이별의 한 맺히게 사내를 보내지 말게나

— 신광수, 「이별하며 뱃머리에서」 전문

평생을 방랑으로 보낸 그가 첫 벼슬을 얻은 것은 나이 오십. 최
말단직인 영릉의 참봉이었다. 얼마 뒤 금부도사가 되어 제주에
갔는데 바람을 만나 네 번씩이나 서울로 돌아오는 길을 실패했
다. 그때 월섬이란 기생과 연분이 트인 모양. 월섬은 떠나는 그에
게 〈상사별곡〉을 불러 그의 마음을 아프게 했고 그는 이 시, 「이
별하며 뱃머리에서」를 그에게 남겼다. 그의 나이 쉰세 살 때의 일.

날이 샜다. 나는 남원과 표선을 거쳐 곧장 성산읍으로 가는 일
주도로를 달렸다. 성산읍에 이르러서야 나는 서귀포여고에 들르
지 못한 것을 생각해냈다. 여행길에 아쉬움이 남는 것은 어쩔 수
없는 일. 성산포의 도선장에서 나는 우도로 들어가는 철부도선

을 탔다. 승용차 열 대쯤은 거뜬히 실을 수 있는 배였다. 임제는
『남명소승』에 우도를 여행한 기록을 또한 남겨놓았다.

　　정의 현감을 만나서 함께 배를 타고 우도로 떠났다. 관노는
젓대를 불고 기생 덕금이는 노래를 부르도록 했다. 성산도를 빠
져나오자 바람이 몹시 급하게 일었다. 뱃사공이 도저히 건너갈
수 없다고 말하자, 나는 웃으며 "사생은 하늘에 달렸으니 오늘
의 굉장한 구경거리를 놓칠 수 없다"고 하였다. 바람을 타고 배
는 순식간에 우도에 닿았다. 이곳의 물빛은 판연히 달라 흡사
시퍼런 유리와 같았다. 이른바, '독룡이 잠긴 곳이라 유달리 맑
다'는 것인가.

—임제,『남명소승』 중에서

　　오전 11시. 나는 우도에 닿았다. 토박이들에게 '소섬'이라고도
불리는 이 섬 안에는 산토 모래로 이루어진 아름다운 해수욕장
이 있다. 오래전부터 나는 그 모래밭을 한차례 보고 싶었다. 섬의
물빛은 옛사람의 기록과 전혀 차이가 없다. 진초록과 푸른빛의
물살 속으로 떨어지는 겨울 햇살들이 신비했다. 선착장 바로 앞
에 해녀들의 상을 새긴 비가 하나 서있다. 우도해녀 항일투쟁 기
념비다.

1932년 1월부터 3월에 걸쳐 제주 일대에는 해녀들의 권익 사수를 위한 격렬한 항일투쟁이 있었다 한다. 당시 해녀들은 해산물 채취 대금의 8할쯤을 이러저러한 명목으로 착취당했는데 그 시정을 위해 해녀들이 자발적으로 일어섰던 것이다. 연인원 1만 7천 명에 달하는 해녀들의 항일투쟁은 당시까지 국내 최대의 어민봉기이자 가장 큰 여성 항일운동으로, 우도의 해녀들은 여기에 최전위 역할을 했다 한다. 나이 든 해녀들은 오늘에도 그 당시 불렸던 〈해녀가〉를 기억하고 있다.

우리들은 제주도의 가없는 해녀들
비참한 살림살이 세상이 안다
추운 날 더운 날 비가 오는 날에도
저 바다 저 물결에 시달리는 몸

아침 일찍 집을 떠나 황혼되면 돌아와
우는 아기 젖 먹이며 저녁밥 짓는다
하루 종일 해봤으나 버는 것은 기막혀
살자 하니 한숨으로 잠 못 이룬다

이른 봄 고향산천 부모형제 이별코

온 가족 생명줄을 등에다 지고
파도 세고 무서운 저 바다를 건너서
조선 각처 대마도로 돈벌이 간다

배움 없는 우리 해녀 가는 곳마다
저놈들은 착취기관 설치해놓고
우리들의 피와 땀을 착취해간다
가이없는 우리 해녀 어데로 갈까

나는 자동차를 버리고 도보로 섬 안의 길을 따라 걷기 시작했다. 키 낮은 언덕들과 화산석으로 경계 지어진 밭들, 섬 안 어디에서든 보이는 파도들, 그 곁에 바짝 엎드린 마을들……. 그런 풍경들 위로 느릿느릿 햇살들이 쏟아져 내렸다.

나는 유채꽃과 코스모스와 수선화가 함께 피어있는 길을 보았다. 수백 마리의 갈까마귀떼들이 잔디꽃과 금잔화가 피어있는 마을 위로 날아가는 모습도 보았다.

이윽고 나는 상우목동에 닿았다. 눈부시게 희고 아름다운 모래들이 눈앞에 펼쳐졌다. 모래들은 바다의 푸른빛과 어울려 꿈결처럼 빛났다. 죽은 산호들의 흰 뼈로 이루어진 모래사장, 나는 발목을 물살에 적시며 천천히 바닷가를 거닐었다. 삶의 끝에서 더더욱 빛나는 이름들. 따뜻한 바람들이 바다로부터 불어왔다. 바람들은 다시 산호들의 모래를 파도 쪽으로 쓸어가고⋯⋯. 바다 끝에서 나는 천천히 불을 밝히기 시작하는 몇 개의 집어등을 보았다.

신비한 하늘의 아침

조천

조천에 이르렀습니다. 세상을 살아나갈 때 문득 그 생각을 하면 그리워지는 시간들이 있습니다. 길 위에서, 시장거리에서, 붐비는 지하철 안에서, 잠 속에서, 날을 새우며 바라본 컴퓨터의 프로그램들 속에서……. 그 그리움은 지나간 시절의 추억이나 향수에서 비롯되기도 하고, 그냥 알 수 없는 삶의 꿈들이 우리들의 가슴 한 언저리에 부려놓은 불씨이기도 합니다. 생각하면 한없이 가슴이 풋풋해지고 따스한 물살들이 마음의 주름살 속 깊은 곳까지 스며들고…… 어떤 그리움들은 10년이나 20년이 지난 뒤에도 걷잡을 수 없는 슬픔으로 가슴을 흔들어놓기도 합니다. 오랫동안, 사람들은 그리움을 먹고 살아가는 동물들이라 생각했습니다.

이곳 바다의 빛은 검은빛입니다. 용암들이, 춤추는 파도처럼 아주 자유롭게 해안선의 굴곡을 이루고 있습니다. 햇볕은 구름 사이 간간이 모습을 드러냅니다. 해안선과 만나는 파도의 물빛도 검은빛입니다. 파도가, 그 몸빛이 검은빛이 될 수 있다는 것을 처음 알았지요. 그런데, 이상한 일이군요. 그 파도의 물빛이 한없이 사랑스럽게 느껴지니까요. 검은빛의 파도들이 빚어내는 소리들이 그 어떤 화사한 빛들보다 따뜻한 목소리로 귓전에 다가옴을 느끼니까요.

오랫동안 이곳 바닷가를 그리워했습니다. 이름 때문이었지요. 아침[朝]과 하늘[天], 처음 이 이름을 들었을 때 가슴이 먹먹했습니다. 알 수 없는 어떤 그리움이 가슴 한쪽에 밀려왔기 때문입니다. 나는 이 이름을 '아침 하늘'이라고 생각하지 않았습니다. '하늘의 아침'이라 생각했지요. 신비한 느낌이 들었습니다. '서불'이라는 친구의 이름을 기억하는지요. 고대의 전설 속에서 그는 진시황의 충복이었습니다. 불로장생의 선약을 구해오라는 명령

이 그에게 내려졌습니다.

서불의 선단이 중국을 떠나 맨 처음 이르는 바닷가가 바로 이곳으로 알려져있습니다. 다음 날 아침 서불은 이곳의 천기를 살피고는 '조천'이라는 두 글자를 바위에 새겼다는군요. 맑고 신비한 아침의 기운이여…….

오랫동안 조천에 오지 못했습니다. 제주바다를 열 번도 넘게 넘나들었지요. 서귀포 마을들의 작은 골목골목을 헤집고 다니기도 하고 마라도나 우도에서 하룻밤을 묵으며 그곳의 파도소리와 달빛에 취한 적도 많았습니다. 그런데 조천에는 한 번도 들르지 않았습니다. 자동차를 빌려 타고 조천 앞을 스쳐 지나가며 '저곳이 조천이야, 하늘의 아침이 열리는 곳이지' 하고 중얼거렸을 뿐입니다. 그런 중얼거림이 적지 않은 그리움으로 가슴 안에 쌓였습니다.

버스에서 내려 처음 조천 땅을 밟으면서 나는 이곳의 평범한 풍경에 조금 놀랐습니다. 땅을 밟는 느낌이나 거리의 풍경 어디에서건 '하늘의 아침'과 같은 비범한 느낌은 전혀 없었지요. 그냥 수더분한 바닷가 동네였습니다. 그 점이 오히려 좋았지요. 나는 마을 안 골목길로 걸음을 옮겼습니다. 먹기와를 얹은 옛 기와집의 모습이 군데군데 남아있고 새끼로 동여맨 초가집들도 심심찮게 눈에 띕니다. 한 초가집의 마당에 잔디를 심어놓은 모습이 선선하게 보였습니다.

한 아가씨에게 연북정(戀北亭) 가는 길을 물었지요. 그는 손가락으로 골목의 끝을 가리켰습니다. 바닷물 소리가 시작되는 곳이지요. 당신, 바다로 가는 여행자가 고대하던 바닷가에 이르러 첫 음절의 파도소리를 들을 때 가슴이 얼마나 설레는 줄 아세요? 오랫동안 꿈꾸었던 어떤 삶의 시간들이 이제 곧 자신의 눈앞에 펼쳐지게 될 때의 설렘과 꼭 같은…….

몇몇의 비석들이 서있는 모습이 보입니다. 옛 목민관들의 이름이 새겨져있는 돌들입니다. 이제 눈앞에 연북정의 모습이 보입니다. 이곳에 부임해 온 목민관들이나 유배되어 온 사람들이 한양에서의 기쁜 소식을 학수고대하며 임금의 은혜를 그리워하는 집이 바로 이 집입니다. 임금의 은혜를 그리워한다. 군신 간의 윤리가 고상하게 들리는 이 말 속에 얼마나 안타까운 한 인간의 삶의 쓸쓸함들이 배어있을까요. 모르긴 몰라도 그 무렵의 임금들은 이곳에 유배된 인간들에 대해서 단 한 차례의 애정 깊은 시선을 보내지 않았음은 분명합니다. 우리 역사에 제주도를 들른 임금은 없었으니까요. 허름하고 흉측한 오지의 땅, 버림받아 마땅한 인간들의 숨소리를 누이기에 제일 적합한 땅. 지배자는 그런 시선으로 제주와 제주 사람들을 바라보았는지 모를 일입니다.

한 세기가 훌쩍 지나갑니다. 아니 이번 세기는 조금 다른 시간의 궤적을 보이지요. 이번의 세기로 천 년의 시간이 한꺼번에 지나치게 되어있으니까요. 천 년의 시간. 얼마나 많은 사람들이 이 지상에서 아파하고 그리워하고 쓸쓸해하며 이승의 삶을 마쳤을까요. 얼마나 많은 사람들이 이루지 못한 사랑을 한탄하고, 얼마나 많은 사람들이 억지죄로 고통을 당하고, 얼마나 많은 사람들이 가지지 못한 죄로 뜨거운 업신여김을 받았을까요. 저기 보이는 저 검은빛의 용암들과 파도들. 어쩌면 지난 천 년의 세월 동안 이루지 못한 인간의 꿈과 그리움들의 가슴 먹먹한 빛깔은 아닐는지요.

당신, 지나간 시절들은 아름다웠는지요. 꿈과 그리움의 시간들이 단풍빛으로 화사하게 물들었는지요. 사랑하는 사람과 진실한 마음으로 오래오래 포옹할 수 있었는지요. 꾸중 듣지 않고 회사에서 윗자리로 곧잘 승진했는지요. 한 3년 고물차를 끌고 다니다 새로 마음에 드는 스포츠카를 마련했는지요. 굶지 않고 병들지 않고 하루하루를 보냈는지요. 자신의 이익을 위해 거짓말을 하지는 않았는지요. 자신의 거짓말이 다른 사람에게 깊은 상처가 되고 폭력이 되지는 않았는지요. 십 원이나 백 원 때문에, 먼저 주차할 공간 하나 때문에 내 앞의 사람과 싸우지는 않았는지요. 혹여, 꿈이나 그리움이 어디 있는지 아무런 상관도 없이 그

저 벌레처럼 돈 모으는 일에만 집착하지는 않았는지요…….

파도소리가 싱싱합니다. 지나간 시간들, 따뜻했으나 쓰라린 숨결들, 그로부터 온전히 자유로울 수 있는 사람은 없을 것입니다. 그렇다고 울지 마세요. 새로운 시간들은 늘 우리 앞에 펼쳐지는 법이니까요. 조천, 신비한 하늘의 아침처럼 말이지요. 당신, 내 앞에 내 옆에, 내 뒤에 무수히 서있는 허물 많고 그리움 참 많은 당신, 힘내세요. 저기 새로운 시간들의 파도소리가 들리지 않으세요?

저 너머 강둑으로 가고 싶어요

바람아래 해수욕장을 찾아서

이번 여행에는 두 개의 화두가 있었다. 서해대교와 바람아래 해수욕장. 개통이 된 지 1년이 지난 세계에서 아홉 번째로 길다는(전장 7,310미터) 이 다리를 나는 아직 내 발로 건너보지 못했다. 다리의 개교와 맞추어 시작된 훈장질 탓이다.

바람아래 해수욕장. 이 이름은 조금 낯설기도 하고 조금 형이상학적이기도 하다. 훈장질을 하기 전 십수 년 동안 세상을 떠돌아다닐 때 나는 몇 차렌가 안면도의 끝 영목항에 들렀었다. 그곳의 허름한 식당에서 된장찌개를 먹고 밤새 바다 냄새를 맡았다.

바람이 센 날은 파도소리가 제법 짙었다. 지평선인지 수평선인지 구별이 안 될 만큼 쓸쓸하게 펼쳐진 개펄을 밟으며 하루 종일 서성이다 보면 이상하게도 가슴속에 알 수 없는 어떤 힘이 솟구치기도 했다. 짙게 노을이 드는 날이면 쓸쓸함의 깊이와 새롭게 일어서는 내면의 힘의 깊이가 우련 눈시울을 적시기도 했다. 나는 그 이유를 '영목'이라는 범상치 않은 이곳의 영감에 찬 지명 탓이라 생각하곤 했다. 그런데 바람아래 해수욕장이라니……. 천리포, 만리포, 몽산포, 연포, 꽃지, 샛별……. 태안반도에서 안면도로 이어지는 해수욕장의 이름들 가운데 존재를 알 수 없는 이름 하나가 슬그머니 끼어들었다.

여행의 출발지 또한 '형이상학'적인 곳이었다. 여의도, 증권회사의 빌딩들이 숲을 이룬, 그곳의 한 식당에서 지인들과 함께 저녁을 먹었다. 정호승, 한희원, 박은진, 김민호 형들과 함께했다. 초대자가 있었다. 키가 크고 호남인 초대자는 검은빛의 007서류가방을 들고 씩씩한 걸음걸이로 식탁에 앉았다. 그가 얘기했다.

"예술가분들이 모인 장소에서 제가 해드릴 얘기가 무엇일까

곰곰 생각했지요. 결국은 제 전공 이야기를 해야겠다고 생각하게 되었지요."

그에게서 한국 경제의 앞으로의 전망과 증권 시장의 전망에 대한 설명을 30분간 들었다. 그는 그 설명을 브리핑이라 표현했는데 브리핑 자료가 쉽고 간결했다. 나이 마흔을 넘긴 지 몇 해 되지 않은, 386세대의 맏형 격인 그는 M증권회사의 사장 정상기 씨였다. 쉬 믿어지겠는가? 자산 4,400억 원 회사의 사장이 가난한 예술가들 앞에서 한국의 경제 현실에 대한 자상한 브리핑을 했다는 사실이……. 브리핑 틈틈이 그는 갈퀴나무를 하며 어렵게 중·고등학교를 다녔던 얘기를 했고 지금도 신춘문예 철인 12월이 되면 가슴 한쪽이 뛴다는 믿어지지 않는 얘기도 했다. 그와의 식사가 끝나고 다시 여의도의 밤거리로 나왔을 때 그곳의 불빛들이 그렇게 싱싱할 수가 없었다. 예술가의 영혼을 지닌 자본주의 최첨단 산업, 젊은 CEO의 영혼이여 오래오래 건승하라.

발안에서 하루를 묵었다.

서해대교를 어둠 속에 묻고 달릴 수는 없는 일. 안산과 발안. 나그네는 길 위에서 하룻밤 묵을 지명을 정할 때 행복하다. 여기저기 길들의 영혼이 옷자락을 붙드는 숨결이 느껴지기 때문이다. 안산은 따뜻하다. 지명 속에 포근한 꿈자리가 마련돼있다. 그러나 나그네에게 안락함은 독이다. 안락함을 즐겨 선택하는 나그

네는 오래 길 위에 서지 못한다. 발안이라는 지명은 형이하학적
이다. 게다가 짙은 삶의 냄새가 느껴진다. 일주일쯤 길을 걷다 껴
신은 면양말을 꺼내는 듯한 냄새. 그런 경험이 몇 차례 있다. 오
랜 노정이 끝나고 신발 끈을 풀 때 그 냄새는 예외 없이 사랑스
럽다. 발안의 어느 모텔에서 잠이 들며 나그네는 꿈을 꾸었다. 뒤
축이 낡을 대로 낡은 운동화를 세탁하는 꿈이었다. 아무리 비누
칠을 해도 운동화는 흙빛 그대로였다.

자리에서 일어나자 서해안 고속도로로 접어들었다. 나그네는
그 길 위에서 운동화에 짙게 밴 흙빛의 이미지를 보았다. 오, 이
런……. 안개였다. 차량들이 전조등을 켜고 서행을 했다. 아무래
도 서해대교의 웅혼한 기상을 보기는 힘들게 되었다.

경기도 평택시 포승면 희곡리. 서해대교가 시작되는 지명이다.
맞은편 지명은 충청남도 당진군 송악면 복운리. 나는 천천히 서
해대교를 달린다. 안개가 조금 걷히기는 했으나 시야는 어둡다.
바다와 안개의 구분이 없다. 다리에는 난간 대신 방어벽이 이어
져있다. 아쉽다. 날이 맑다 해도 달리는 서해대교에서 바다를 볼
수는 없는 것이다. 방어벽에는 차량주차 절대금지, 엄중단속이라
는 붉은 글자가 선명하다. 누군들 멈춰 서서 바다를 보고 싶은
유혹을 느끼지 않을 수 있을까. 산타모니카에서 퇴역한 퀸엘리자
베스호가 있는 어떤 항구까지 해안 드라이브를 한 적이 있다. 그

길에서 만을 지나는 한 현수교를 건넜다. 서해대교보다 더 높고 길어 보였던 그 현수교에서는 양쪽으로 태평양이 보였다. 일렁이는 파도들, 그 춤들이 창의 좌우로 펼쳐지는 모습은 장관이었다. 서해대교의 방어벽 또한 로프들로 대신할 수는 없었을까. 그러면 서해바다의 긴 개펄들과 석양의 노을이 함께 시야에 들어올 수 있을 것이다. 나그네는 사고가 일어날 개연성보다는 느끼고 즐길 수 있는 여행의 풍취에 더 높은 점수를 준다. 그러나 어차피 아쉬움이 깊을수록 오래 가슴에 남는 법. 비상등과 전조등을 함께 켜고 가능한 한 천천히 서해대교를 넘는다.

서산 인터체인지에서 32번 국도를 타고 태안반도 쪽으로 길을 잡는다. 태안반도와 안면도로 이르는 길들은 요즘 몸살이 심하다. 개통된 지 얼마 지나지 않은 서해안 고속도로 탐방 인파가 적지 않은 데다가 한 달 앞으로 다가온 국제꽃박람회 탓으로 여기저기 길 단장이 한창이기 때문이다. 4월 26일부터 5월 19일까지 안면도의 꽃지 해수욕장에서는 '꽃과 새 문명'이라는 테마로 꽃박람회가 열린다. 세상에 문명의 상징인 박람회의 종류는 많지만 꽃박람회는 아무래도 기분이 좋다. 그러나 5년 만에 다시 들른 꽃지 해수욕장의 모습은 좀 심란하다. 엉성하고 거칠게 바다 가운데로 뻗어나간 방조제의 모습이 눈에 거슬리고 무엇보다 시멘트 포장으로 덧칠된 박람회장의 부지들이 그런 느낌을 준다.

꽃박람회가 펼쳐질 때 꽃으로 뒤덮인 건물들과 부지들은 아름다운 느낌을 줄 것이다. 그런데 박람회가 다 끝나면……. 혹독한 파장과 썰물의 느낌을 그 시멘트 구조물들이 어떻게 감당할까. 다시 개펄로, 평화로운 자연 상태로 되돌아갈 준비는 어느 정도 되어 있을까. 꽃지. 아름다운 이름이 지닌 상징성으로 이곳은 꽃박람회의 부지로 선정되는 영화를 지닌다. 그러나 박람회가 끝나면 이곳의 이름은 지도에 표기되어 있는 것처럼 화지(花止)가 되어버릴지도 모르겠다. 꽃과 새 문명이라는 박람회의 테마는 어쩌면 꽃지 해수욕장의 미래에 가장 먼저 적용될지도 모른다.

샛별 해수욕장에는 샛별의 눈과 같은 조약돌들이 깔려있다. 물결이 동해바다에 못지않게 맑았다. 인적이 없고 한산했으므로 나그네는 기분이 좋았다.

내가 장난으로 챔파 꽃이 되어서는
저 높은 가지에 피어
바람에 웃으며 흔들리고
새로 핀 잎 위에서 춤추고 있다면
엄만 나를 알아보실까?

엄마는 이렇게 부르실 거야

"아가야 어디 있니?"
그럼 난 살짝 웃고는
아무 말도 안 할 거야

......

점심밥을 먹은 다음
엄마가 창가에 앉아 라마야나 이야기책을 읽을 때
나무 그늘이 엄마의 머리와 무릎 위에 어리면
나는 내 아주 작은 그림자를 드리울 거야
바로 엄마가 읽고 있는 그 자리에

하지만 엄마는 그것이 바로
엄마의 작은 아가의 보잘것없는
그림자인 줄 정말 아실까?

— 라빈드라나트 타고르, 「챔파꽃」 부분

소리 없이 천천히 밀려드는 서해의 봄 물살들에게 나는 타고르
의 시편을 읽어주었다. 자동차 두 대가 새로 들어온다. 렌터카 번
호판을 단 차량들 안에서 젊은 연인들 몇 쌍이 나와 곧장 바다로

들어선다. 나그네는 누워있던 조약돌밭 위에서 천천히 일어선다.

바람아래 해수욕장으로 가는 길은 눈썰미가 필요하다. 장곡이라는 이정표가 붙은 마을에 가로세로 1미터가 채 안 되어 보이는 작은 입간판이 하나, 그곳에 바람아래 해수욕장이라는 글자가 새겨져있다. 눈여겨보지 않으면 십중팔구 그냥 지나치기 십상이다.

송림을 지나 바다와 눈이 처음 마주쳤을 때 나그네는 그만 눈을 감았다. 십 초쯤 그대로 있다가 눈을 뜨고 몇 번인가 눈을 껌벅였다. 그것은 나그네의 오랜 버릇 중의 하나였다. 길 위에서 한없이 아늑하고 포근한 풍경을 만났을 때 나그네는 눈을 감았다가 껌벅이며 그 풍경들을 바라보는 것이다. 강은교가 '그러므로 실눈을 뜨고 볼 것'이라 노래한 적이 있었다. 「사랑법」이라는 제목을 가진 시에서였다. 나그네는 껌벅이며 보았다. 무심한 소가 산벚나무 꽃 핀 먼 산을 바라보듯. 그럴 때 고요한 시간들의 춤이 보였다. 바람이 불어가고 바람 아래에 존재하는 모든 것들의 희미한 꿈이 보였다.

바람아래 해수욕장. 이곳에서는 바람의 눈썹이 보였다. 시간의 눈썹과 모래의 눈썹 또한 보였다. 한없이 아늑하고 고요했으므로 그들이 지닌 눈썹 몇 개가 하늘로 올라가 낮달의 영혼과 만나는 모습도 보였다. 갈대들이 바닷물 속에 하반신을 담그고 있었다. 물과 갈대가 만나는 지점에 물비늘 하나 일어나지 않았다.
나그네는 모래 언덕 위에 누워 다시 타고르를 읽었다. 어쩌면 이
곳의 미세한 모래 언덕은 지상에서 가장 평온한 시간들의 가루
의 퇴적인지도 모른다.

저 너머 강둑으로 가고 싶어요
여러 척의 나무배가 줄지어
대나무 말뚝에 묶여 있는
저 강둑으로

아침이면 사람들이 쟁기를 메고
밭을 매러 배를 타고 강을 건너는
저 강둑으로 말이에요

……

엄마, 엄마가 걱정하시지만 않는다면
나는 이 다음에 커서
저 나루터의 뱃사공이 되고 싶어요

저 높은 강둑 그늘엔

신비한 연못이 감추어져 있다고

사람들은 말하지요

......

나는 아빠처럼 엄마를 남겨두고

먼 도시로 일하러 가지는 않겠어요

—라빈드라나트 타고르, 「멀고 먼 강둑」 부분

   타고르를 읽는 동안 이곳 바다에 노을이 찾아왔다. 아시는가
그대, 구름이 많은 날의 노을이 얼마나 아름다운지를. 바람아래
세상의 뭇 삶들의 꿈은 기실 얼마나 아름다운지를. 바람아래, 바
람아래, 강둑 그곳에는 아주 평온한 거울 속의 봄바다가 산다.

동백숲 속에 숨은 선경

지심도 가는 길

열린 창문으로 바람이 들어왔다. 서늘하고 조금은 촉촉한 바람의 질감이 좋았다. 눈앞에 다가오는 낯선 사방연속무늬의 물결. 여관방 천장 벽지의 기하학적 무늬들이 내가 누운 자리가 길 위임을 깨닫게 한다. 나는 한동안 자리에 누운 채 바람이 실어오는 옅은 소금 냄새와 희미한 꽃 냄새를 맡았다. 밤새 창문을 열어두어도 푹 잠들 수 있는 계절. 세상의 많은 욕심과 허망한 꿈들과는 아무런 상관 없이 꽃이 피고, 바람이 불고, 바람에 꽃 냄새가 날리는 사랑스러운 계절⋯⋯.

나는 자리에서 일어났다. 지금은 사천시로 이름이 바뀐 옛 삼천포의 오래된 동네, 실안이라는 이름을 지닌 이 동네의 언덕배기에 선 이 여관은 바다 전망이 화사했다. 특히 밤바다의 전망이 그러했다. 한려해상 국립공원에 자리한 작은 섬들에서 따뜻하고 포근한 불빛들이 밤새 흘러나왔다. 불빛들은 처음엔 보석들처럼 홀로 빛나기 시작하다가 여행자가 여수에 젖은 눈빛으로 그 불빛들을 바라보고 있노라면 어느 순간 긴 다리를 펼치며 여행자의 눈 끝에 다가오는 신비한 장면을 연출한다. 수십 개의 불빛들이 출렁출렁 바다를 건너오는 모습은 가까이 할 수 없었던 먼 세상의 꿈들이 문득 내 곁에 다가와 가슴을 두드리는 환영에 젖게 한다.

안개처럼 가는 비가 창밖의 바다에 펼쳐지고 있었다. 불빛들이 사라진 자리. 그 자리에 봄비들이 아늑하고 포근한 날개를 펼치고 있었다. 나는 눈앞의 한 섬을 바라보았다. 늑도라는 이름을 지닌 그 섬의 불빛들은 많은 불빛들 중에서도 아름다웠다. 그 섬의 불빛들은 내게 얼른 자신들의 땅으로 건너오라 얘기했다. 유혹이 아닌 초대였다. 달콤한 밀어가 아닌 맑은 영감이 스민 첫인

사. 나는 그 초대에 기꺼이 응했다. 그랬음에도 지난밤 나는 그 바다를 건너지 못했다. 아름다움은 아득히 먼 곳에서 빛나는 별빛 같은 것. 가까이 다가가면 신기루처럼 사라지는 것. 나는 늑도의 불빛들을 가능한 한 내 마음 안에 새기기로 했다. 언젠가 너희에게 꼭 갈 거야. 그때까지 기다려줘. 불빛들은 내 말을 알아듣는 듯했다. 나는 그 불빛들을 지켜보다가 새벽녘에야 잠이 들었다.

나는 1010번 지방도로를 타고 고성 쪽으로 가는 바닷가 길을 달렸다. 작은 마을들이 굴껍데기처럼 해안선 여기저기에 다닥다닥 붙어있는 모습은 언제 보아도 정겹다. 상발, 맥전포, 용암포, 동화와 같은 마을 이름이 길 곁의 지석에 새겨져 지나갔다. 나는 동화 마을에 잠시 들렀다. 낡은 고기잡이배 몇 척이 봄비 속에 가만히 흔들리는 모습은 옛이야기처럼 포근하게 보였다. 개펄에 얹힌 배 한 척이 내게 영감을 주었다. 나는 그 배에게 다가갔다. 언제부터 여기 살았니? 누군가를 기다리는 중이야. 동화라는 마을 이름은 네가 지은 거니? 하루 종일 파도소리를 듣는 게 내가 하는 일이지. 배는 눈을 감은 채 얘기했다. 배의 속눈썹이 무척 길었다. 언젠가 네 이야기를 동화로 쓰고 싶어. 괜찮겠니? 배는 파도에 가만히 몸을 맡기고 있었다.

지포라는 포구에서 아주 작고 낡은 교회당을 보았다. 녹슨 함

석지붕 여기저기에 구멍이 뚫려 빗물이 스며들고 있었다. 목사님도 신도도 없는 그 낡은 교회당의 종탑 곁에는 살구나무 한 그루가 홀로 꽃을 피우고 있었다. 이상한 일이다. 아무도 살지 않는 낡은 시골 교회당을 보면 이 세상 어딘가에는 꼭 천지만물을 창조한 그 어른의 숨결이 스며있을 거라는 생각이 든다. 그러나 나의 이 초발심(初發心)은 5분도 지나지 않아 무너졌다. 길가에 아주 번듯한 새 지포 교회를 보았기 때문이다. 교회당은 번듯하고 십자가도 높게 세웠지만 그곳에서는 어른의 숨결이 느껴지지 않는다.

충무에서 점심을 먹었다. 할매 김밥. 모든 집이 다 원조라고 쓰여져있으니 갈등을 일으킬 필요가 전혀 없어서 좋다. 한 집의 원조가 있었다면 그 집을 찾기 위해 수선을 피웠어야 했을 것이다. 고명을 넣지 않은 맨밥을 김에 싸는 이 특이한 충무 지방의 김밥은 조금 독하게 얼큰한 오징어무침을 곁들여 먹는다. 고정관념을 깨뜨린 발상의 신선함이라니······.

충무는 아름다운 포구다. 나라 안의 여러 도시들 중 유일하게 스카이라인이 살아있는 도시. 이중섭과 유치환과 윤이상 들의 예술혼이 살아 숨 쉬고 있는 도시. 나는 우산을 들고 선창 주위를 어슬렁거리며 걸었다. 걷다가 여객선 터미널로 걸음을 옮겼다. 터미널에서 여객선 시간표를 보던 나는 조금 놀랐다. 두둥실호의 이름이 보이지 않았던 때문이다. 내가 처음 충무항에 닿았을 때 나를 제일 기쁘게 했던 것은 선창에서 만난 두둥실이라는 이름을 지닌 배 한 척이었다. 배의 이름이 두둥실이라니. 마음에 두둥실 흰 구름이 일었다. 나는 언젠가 꼭 그 배를 타고 한려수도를 지나리라 생각했고 그 생각은 충무를 네 번쯤 찾은 이 순간에도 여전히 유효했다. 그런데 여객선 시간표에 두둥실호의 이름이 보이지 않았던 것이다. 대신 조금 낯선 두리둥실호의 이름이 보였다. 두둥실호는 어디 갔느냐는 내 질문에 여직원은 빙긋 웃더니 두둥실호는 지금 여수에 갔고 두리둥실호는 두둥실호와 전혀 다른 배라고 일러주었다. 언젠가 두둥실호를 타리라는 내 꿈 하나는 여전히 유효하게 되었다. 나는 안심하며 빗속으로 걸어 나왔다. 살이 세 개쯤 꺾인 우산 위에 부딪치는 빗소리가 포근했다.

나는 거제대교를 건넜다. 자동차로 처음 거제도에 들어온 사람이면, 그리고 그가 여행자라면, 그는 거제대교를 건너는 순간 오른쪽으로 급하게 꺾인 작은 시골길을 놓치지 말아야 한다. 직선으로 뻗은 14번 국도의 유혹만 뿌리칠 수 있다면 그에게 거제도라는 섬은 충분히 축복받을 수 있는 아름다움으로 다가온다.

거제도의 서쪽 해안선을 따라 달리는 1018번 지방도로의 수수

한 풍경 또한 마음에 새길 만하다. 호세 쿠라를 들으며 나는 그 길을 천천히 달렸다. 아르헨티나의 토속적인 서정이 짙게 밴 그의 음악이 이 길과 썩 잘 어울린다. 나는 길을 아껴가며 달렸다. 여행자가 길 위에서 길을 아낄 때 그 여행은 행복하다.

나는 도장포 마을에 이르렀다. 갈곶도라는 바위섬을 눈앞에 둔 이 마을은 거제 해금강, 혹은 소금강이라는 이름으로 나라 안에 널리 알려졌다. 짙은 봄비 속에서도 유람선이 떠다니는 모습이 보인다. 비안개에 젖은 바다와 마을의 모습이 꿈결 같다.

길은 어느덧 14번 국도로 바뀐다. 학동, 구조라, 지세포와 같은 아름다운 포구들이 길 곁에 늘어선다. 처음 이 길과 조우했던 때가 언제였을까. 미련 없이 나는 내 마음을 이곳의 길과 바다에 주었다. 순결하고 아름다운 것들. 상처도 할큄도 없이 제자리에 서서 제 스스로의 모습이 빛나는지 어쩌는지도 모르고 우리 곁에 말없이 머무르는 것들. 그러므로 그 바다가 지닌 수연한 아름다움은 내게 최상급의 찬사로 다가왔다.

그러나 나는 이내 우울해졌다. 내가 마지막으로 이곳의 바다에 들른 것은 지금부터 6년 전이었다. 그사이 많은 것이 바뀌어 있었다. 학동의 몽돌 해안에는 길다랗게 뻗은 관광용 다리가 바다 풍경을 낯설게 했다. 구조라에는 수십 대의 관광버스가 밀려있었고, 내가 그 이름을 오랫동안 가슴에 새겨왔던 지세포—세상을 일순 알아버린다는 포구의 이름이 얼마나 오만하고 또한 아름다운가—의 해안은 완전히 콘크리트 더미에 묻혀있었다. 아낙들이 둘러앉아 한가하게 성게알을 까고 작은 생선들을 바람에 말리는 풍경들은 사라지고 없었다. 선창을 따라 갓 포장된 아스팔트 길이 얼마나 낯선지……. 마음 한쪽 어딘가에 햇볕이 내리쬐고 꽃이 피고 고깃배가 선선히 흔들리는 그런 풍경이 남아있음은 얼마나 아름다운 일일 것인가. 그 해안을 콘크리트로 덮고 길을 만들고 큰 배가 드나들게 함은 또 무슨 일인가.

장승포항에서 지심도로 들어가는 막배를 탔다. 배 안에서 나는 조금 울먹거렸다. 바다 한가운데서 보는 지심도와 구조라와 학동의 풍경들은 여전히 아름다운 것이었다. 서운해하지 마. 한없이 아름다울 수 있다고 믿는 것도 어리석은 일이지. 가슴 안에 지난날의 풍경들이 고스란히 남아있다면 그것으로 충분히 아름다울 수 있는 일이야. 배의 이물께에 앉아 나는 멀어지는 풍경들이 내게 들려주는 소리를 들었다.

20분쯤의 짧은 항해 끝에 지심도에 닿았다. '땅의 마음'이라는 넉넉한 이름을 지닌 이 섬을 이쪽 바다에 사는 사람들은 동백섬이라 부르기 좋아한다. 온 섬이 동백나무로 뒤덮인 탓이다. 선착장에 닿은 여행자는 곧 이 섬이 마련한 독특한 영접 행사를 만나게 된다. 동백나무의 터널이 오르막길을 따라 죽 이어지는 것이다. 남해의 푸른 바람과 싱싱한 햇살을 머금은 동백꽃들이 나무숲 가득 피어있는 모습은, 여행자에게 아름다움이란 먼 곳의 불빛이 아니라 살아 가까이 있는 누군가의 따뜻한 빛과 체온이라는 느낌을 지니게도 한다. 게다가 시멘트로 포장된 길 위에 툭툭 떨어진 동백꽃들. 산화 공덕의 찰나가 길 위에 펼쳐진다. 그 길의 덧없이 행복함이여. 시멘트로 만들어졌으나 더없이 그윽함이여. 길을 따라 걷다 보면 동백꽃은 하늘의 가지에 매달려있을 때보다 땅 위에 떨어져있을 때 더 아름답다는 생각이 찾아든다. 땅의 마음이 동백의 꽃송이로 피어났다가 다시 땅으로 돌아왔으니 지심도에서 길 위의 동백꽃이 우련 아름다움은 지극히 자연스러운 일이다.

길은 여러 가지 형태로 섬 안 곳곳으로 스며든다. 오솔길들이 동백숲이나 섬백리향숲, 솔숲 새로 뻗어 나가는 모습은 한없이 자유롭다. 땅의 마음들이 또한 여러 길의 형태로 숲속 여기저기 뻗어 나가는 것은 아닌지. 길의 끝에 사람이 사는 집이 매달려있음은 또한 충분히 행복한 일이다. 동백꽃이 마당과 평상 위에 수북이 떨어져있고 돌계단과 수돗가에도 쌓여있다. 수도꼭지 아래 옹기로 빚은 약탕기가 놓여있고, 내게 그 약탕기는 선인들이 차 끓여 마시는 다관 같은 느낌으로 다가왔다. 누구 계세요. 나는

주인을 찾아 하룻밤 비럭잠을 구하려다 그만두었다. 이곳은 사
람이 사는 세상이 아닌 것이다.

춘장대에서 『교코』를 읽다

송림숲에서 남촌 자갈밭까지

바람이 맑다. 차창 밖으로 손을
내밀면 공기들의 서늘한 목소리가 살갗을 스치고 지나간다. 한
쪽 팔을 창틀 위에 올린 채 나는 최대한 편안한 마음으로 21번
국도를 달렸다.

비인반도. 그곳에는 춘장대라는 이름의 아담한 해수욕장이 있
고 길이가 십 리쯤 되는 방조제가 있다. 반도의 맨 끄트머리에는

동백이 자라는 숲이 있고 무엇보다 내가 아주 좋아하는 남촌이라는 이름의 포구가 있다.

사실 지도의 어디에도 비인반도라는 이름은 보이지 않는다. 반도라고 이름을 붙이기엔 너무 작은 땅의 융기가 서해바다를 향해 솟구쳤을 뿐. 반도 전체의 길이가 3킬로미터에 이르지 못하고 폭은 5백 미터쯤. 좁은 곳에서도 반도 양쪽의 바다를 볼 수 있다. 비인반도라는 이름은 순전히 내가 지어 붙인 셈인데 조선시대까지 이곳이 비인군이었다는 것을 생각하면 그리 억지는 아닐 듯.

조선 초기의 시인 서거정은 비인 팔경을 얘기하면서 평사낙안(平沙落雁)이나 원포귀범(遠浦歸帆) 같은 식상한 비유가 아닌 새로운 언급을 하는데 은영소도(隱映小島)와 미박대해(微薄大海)가 바로 그것이다. 가물거리는 섬들의 그림자와 새벽빛 속으로 펼쳐지는 큰 바다. 작고 큰 것을 한데 아울러 보는 옛 문사의 눈이 정교하거니와 이들 풍경들이 공통적으로 지닌 아름다움은 아주 평온하고 아늑하다는 점일 것이다. 이 점 이곳 사람들이 사용하는 이래유, 저래유 하는 말씨와 서로 통한다. 비인(庇仁)이라는 이름도 착하고 포근하기는 마찬가지. 모든 잘못을 다 '덮어주고' 오로지 '어질게' 살아가는 사람들의 마을이라는 뜻이니 이 또한 이곳 자연의 포근함이 사람들의 마음속까지 따뜻하게 밴 탓이리라.

나는 반도의 초입에서 곧장 부사방조제로 차의 방향을 잡았다.

방조제는 서천과 이웃의 보령시를 한길로 이어놓았다. 4킬로미터 가까운 길이 바다 한가운데로 이어지는 것이다. 가을날 이 방조제 길을 걷는 것은 참으로 시원한 운치가 있다. 탁 트인 바다의 모습에 가슴이 열리며, 바닷바람 속을 한 걸음 두 걸음 걷다 보면 뒤에 두고 온 세상 풍경이 어느 순간 절로 잊혀지는 것이다. 차를 가지고 온 연인들이 방조제의 한쪽 끝에 차를 버리고 십 리 길의 방조제 끝까지 걸어가서 다시 돌아오는 모습도 보기 좋다. 손을 잡고 피안의 세계까지 걸어갔다가 그곳에서 해삼이나 멍게 한 접시를 맛보고 돌아오는 것이다. 돌아오는 길에 다리가 조금 아픈 연인을 위해 또 한 연인이 그를 들쳐 업고 걷는 모습은 동화적이다.

춘장대. '긴 봄날'이라는 여유로운 이름을 지닌 해수욕장은 이제 사람들의 발길이 끊겼다. 보름 전까지만 해도 뭍에서 몰려온 사람들로 붐볐을 터이건만 한산한 바닷가에는 작은 바닷게 몇 마리만 서성댄다. 몇 개의 작은 섬들이 물비늘 속에 반짝인다. 서거정이 본 풍경도 비슷했을 것이다.

나는 바람이 잘 드나드는 송림숲에 앉았다. 그러고는 무라카미 류의 소설 『교코』를 읽었다. 스물한 살의 트럭 운전수이자 댄서인 일본 아가씨가 어린 시절 그에게 춤을 가르쳐준 쿠바 출신의 미국 청년을 찾아 나선다는 이야기다. 소설이 사람들에게 끊임없이 읽히는 중요한 이유는 그것이 망가진 인간의 꿈과 사랑을, 그 회복

을 끈질기게 이야기하기 때문일 것이다. 기왕의 무라카미 씨의 소설들은 사실 인간성의 회복과는 일정하게 거리가 있는 작품들로 해석될 여지가 많은 것이 사실이다. 그럼에도 『교코』에는 그가 꿈꾼 순수와 사랑에 대한 열망들이 치열하게 교직돼있었다.

손발 끝과 몸의 구석구석까지 신경을 골고루 쓸 것. 꾀를 부려서는 안 될 것. 성실하게 진지한 마음으로 스텝을 밟을 것. 진지하게 춤출 때 즐거워질 수 있고, 즐거워지면 진지하게 춤추는 것이 자연스러워진다.

— 무라카미 류, 『교코』 중에서

교코가 여행 중에 만난 미국인들에게 레슨을 하는 내용이다. 세상에 춤추는 순간만큼 따뜻한 시간이 또 있을까. 자신을 둘러싼 시간과 공기와 바람, 연인의 숨결과 어떤 허무의 기운……. 그들이 함께 스텝을 밟고, 불빛을 만나고, 서로의 감정의 속살을 부비는 일. 춤만이 우리들의 인생을, 영혼을 한없이 자유롭게 한다고 얘기한 친구는 희랍인 조르바였을 것이다.

석양 무렵 나는 남촌으로 갔다. 춘장대와 반대쪽 육지에 자리 잡은 이곳 바닷가는 사실 춘장대보다 더 섬세한 풍경을 지니고 있는지도 모른다. 햇살이 포근하고 물살 또한 잔잔하다. 둥그렇게 휜 반도의 영향으로 이곳이 내해를 이루고 있는 탓일 것이다.

그러나 이곳 바다에서 내 마음을 제일 끄는 것은 해안선을 따라 죽 깔린 작은 자갈밭이다. 사실 서해안의 모래사장들은 그 빛깔로만 보자면 아름다움이 떨어진다. 개펄의 기운이 스며있기 때문이다. 자갈밭에는 개펄의 흙빛이 남아있지 않다. 게다가 이곳의 자갈들은 보길도의 예송리나 완도 정도리의 자갈들보다 훨씬 작고 섬세하다. 빈 배 위에 줄지어 앉아있는 갈매기들의 모습도 정겹다. 하루가 다 끝나가는 순간, 그들은 바람 순하고, 물살 포근한 이곳의 바다에서 휴식의 꿈을 꾸는 것이다. 카메라를 들이대도 날아가는 친구도 없다.

나는 자갈밭 위에 누워 『교코』를 마저 읽었다. 모국어를 통한 새로운 세계관의 창조. 교코의 순정과 사랑을 통해 나는 무라카미 씨가 의도한 일본인의 우아한 심성의 일단을 느꼈다. 그것은 선전이었으며 부지불식간의 세뇌이기도 했다. 그럼에도 그가 창조한 젊은 일본 아가씨의 성격은 독특하고 아름다웠다.

책 읽기를 마치고 고개를 들었을 때 나는 보았다. 포구에 묶인 배들이 일제히 뱃머리를 바다로 향하고 있는 모습을. 정박 중인 배들의 뱃머리가 선창을 향해있다는 것이 상식이라면 배들의 이런 모습은 충분히 이례적이었다. 뱃머리를 바다로 향하고 있는 배들의 모습이 아름다웠다.

헤어지기 싫은 연인들의 항구

충남 서천군 장항

오후 다섯 시. 나는 금강 하굿둑을 건넜다. 장항읍까지는 6킬로미터의 거리. 길목에는 몇 해 전부터 나라 안에서 눈길을 끌 만한 카페촌이 형성되었다. 작은 영혼, 물꽃나무, 베네치아, 보스포루스, 헤밍웨이, 구름모자, 도둑과 시인……. 카페의 이름들이 세련되었고 각양각색의 건물 모습들 또한 눈길을 끌 만하다.

헤밍웨이에 들러 냉커피 한 잔을 마신다. 창밖으로 금강의 흐름이 선연하다. 어제까지 내린 비 탓으로 강물은 흙탕물이다. 실내에는 클래식으로 편곡된 비틀즈의 음악이 흘러나온다. 황토빛으로 일렁이는 금강과 〈노르웨이의 숲〉. 둘 사이에 상당한 인식의 거리가 있다고 느꼈지만 내 감정과 의식은 어느 결에 둘 사이의 거리를 충분히 근접한 것으로 바꾸어놓는다. 자본의 힘? 나는 천천히 유리잔의 커피를 비우고 자리에서 일어섰다.

장항읍의 거리는 내게 충분히 사랑스럽다. 특히 선창을 끼고 있는 작은 골목길의 풍경들이 그렇다. 여기저기 여인숙의 간판을 내건 낡은 단층집들이 들어서있고 사이사이 선술집들의 모습도 눈에 띈다. 지난 시절, 그 집들은 이 항구의 번성과 함께 성대한 이력을 구가했을 것이다. 당연한 얘기지만 장항이 최고의 영화를 누렸던 시절은 금강 맞은편에 자리한 군산의 번영기와 맞물린다. 일제 강점기, 군산항은 일본으로 수탈되는 쌀의 최종 집결지였다. 벚꽃으로 이름난 전군가도는 나라 안에서 최초의 포장도로였으며 이는 쌀의 수송을 원활하게 하기 위한 정책의 소산이었다. 그 시절 군산과 장항에는 쌀 중개상이 모이고 쌀을 매개로 한 도박판이 벌어지고 술집과 여관들이 즐비하게 들어섰던 것이다. 그 흔적들이 장항읍의 거리에는 군데군데 남아있다. 역사는 때로 못난 것이 더 사랑스러울 때가 있다. 힘들고 고통받는 시절의 삶을 떠올리며 현재의 시간들이 얼마나 소중한 것인지 새삼 깨달을 수 있기 때문이다.

나는 곧장 도선장으로 걸어갔다. 장항의 바다에는 늘 두 가지의 큰 기쁨이 기다리고 있다. 하나는 금강이 서해바다와 합류하는 장엄한 모습을 바라보는 일이다. 오늘처럼 흙탕물인 강물이 아니더라도 강물이 그 자신의 긴 여행을 끝내고 햇살 반짝이는 바다와 합쳐지는 모습은 어떤 카타르시스의 느낌을 준다. 외로움, 쓸쓸함, 굴욕, 상처……. 온갖 그늘진 추억들의 모습이 바다와 함께 어우러져서는 한 화엄의 장을 연출해내는 것이다. 특히 해질 무렵, 충분히 피곤해진 강물들이 서해의 품에 말없이 안기는 모습은 아름답다.

또 하나의 기쁨은 배를 타는 일이다. 군산항과 장항항은 금강이 바다와 만나는 최하류에서 서로 마주 보고 있거니와 그 거리는 한강 폭의 두 배가 되지 않는다. 나라 안에서 강을 사이에 두고 두 도시가, 그것도 도계를 이루면서 마주 보고 있는 경우는 군산과 장항 외에는 없다. 두 도시 사이를 여객선이 다닌다. 왕복 소요 시간 30분. 장항에서 군산으로 나가는 데 15분, 반대의 경우도 15분이 걸린다. 여객선을 타는 시간이라기보다는 시내버스를 타는 것이라고 해야 옳을 것이다. 두 도시 사람들의 삶에는 행정적인 경계는 있을지 몰라도 의식적인 경계는 느껴지지 않는

다. 금강의 강바람을 쐬며 군산으로 가고 서해의 개펄 내음을 맡
으며 장항으로 간다. 장항으로 오는 배 안에서 군산 대학의 1학
년인 박형주 군을 만난 것은 작은 기쁨이었다. 그는 보라색의 장
미로 치장된 꽃바구니를 지니고 있었는데, 그 꽃송이들을 바라
보는 순간 나는 잠시 '세상에 보라색의 장미가 존재하는가' 하는
의문에 잠기기도 했다. 선물할 것인가, 아니면 선물을 받았는가
물었더니 선물을 받았다고 조금 수줍게 대답했다. 누구로부터?
나는 부러운 마음으로 다시 물었고 그는 군산에 사는 여자 친구
라고 대답했다. 젊은 청년이 여자 친구로부터 장미 꽃바구니를
받는다는 것. 아름다운 일이었다. 나는 필경 꽃을 받게 된 이유
까지 물었고 그는 정말 수줍게 '만난 지 50일'이라는 말을 덧붙였
다. 그러고 보니 꽃바구니에 꽂힌 장미의 수는 쉰 송이일 터였다.
세상에서 내가 본 두 번째로 아름다운 꽃바구니라고 했더니 그
는 피식 웃을 뿐이었다.

오래전, 나는 장항과 군산 사이를 오가는 여객선을 타면서 이
두 도시에 사는 연인들은 서로 이별하기가 힘들 거라는 생각을
했다. 15분인 편도 뱃길을 바래다주며 헤어지기 싫어서 다시 돌
아오는 배를 함께 타고, 막상 한쪽의 도착지에 이르면 또다시 헤
어지기 싫어 맞은편의 항구로 함께 가고……. 그러다가 불빛들이
충분히 아름다운 마지막 배 시간에 이르러서야 연인을 내려놓고

혼자 돌아오는 시간, 연인이 사는 도시 쪽의 불빛을 보면 또 얼마나 아쉽고 가슴 설렐 것인지……. 그 두 도시의 연인들은 필경 이별하기가 지극히 어려운 환경에 처할 수밖에 없는 것이다.

해 질 무렵 나는 천천히 장항의 선창 풍경 속을 쏘다녔다. 43년 동안 청춘을 바쳐 배 만드는 일에 전념한 충남 조선소의 임원재 씨의 이야기를 듣다가 닻을 만드는 직원들이 카바이드 불빛을 쏘아가며 쇠막대를 절단하는 모습을 구경했다.

금강 하굿둑 공사와 군산항의 토사 퇴적을 막기 위해 만든 도류제 공사로 삶의 터전인 어장을 잃게 되었다고, 시위를 준비 중인 어민들을 만나기도 했다. 그들은 농업진흥공사와 해양수산청 등의 정부 기관에 환경영향평가를 요구했는데도 아무런 반응이 없다며 내일모레면 장항의 어민들이 서울까지 시위하러 나선다고 얘기했다.

서해에 해가 지는 모습은 아름답다. 넓은 개펄이 있고, 아득히 퍼져나가는 갯내음이 있고, 바닷새들의 끼룩거리는 울음소리가 있다. 배들이 하나둘 항구로 돌아오고 불빛들이 바닷가 여기저기서 빛나기 시작한다. 강 맞은편, 아니 바다 맞은편의 불빛들을 바라보며 나는 잠시 이곳이 장항인가 아니면 군산인가 넋을 놓기도 했다.

봄비 속에서 춤추는 공룡들의 발자국을 보다

경남 고성군 상족포구

길 위에서 나그네가 동행을 만남
은 기꺼운 일이다. 말수가 적고 눈빛이 맑은, 그래서 내가 지나온
풍경들을 마음속으로부터 천천히 열어놓을 수 있는 동행이라면
더더욱 그렇다.

1010번 지방도로. 옛 삼천포시에서 고성으로 가는 작은 바닷
가 마을의 길 위에서 동행을 만났다. 나는 그 동행이 퍽 반가웠

다. 어쩌면 마음의 어느 길목에서는 꽤 오래전부터 그를 기다려 왔는지도 모른다. 동행과 나는 면식이 있었다. 동행은 촉촉하고 부드러운 눈빛을 지니고 있었다. 그는 아주 여린 목소리를 지니고 있었으며 또한 여행자로서 가장 어울리는 발자국 소리를 지니고 있었다.

길을 걷다가 그를 만나면 나는 늘 귀를 기울여 그의 발자국 소리를 들었다. 그의 발자국 소리는 세상의 어느 곳에서도 들렸다. 새로 돋은 자두나무의 이파리 위에서도, 노오란 유채꽃밭에서도, 마을의 지붕들과 돌각담 위에서도, 낡은 고기잡이배들의 깃발 사이에서도 그의 발자국 소리가 들렸다. 그 소리에 걸음을 맞추노라면 어느새 지닌 피로가 씻겼다.

십 년쯤 전, 나는 이 길 위에서 그를 이미 만난 적이 있다. 임포, 모래치, 쪽지골…… . 그 길의 언저리에 자리한 작은 마을들을 따라 걸으며 나는 때로 꿈이란 것이 어느 순간 현실 속에서도 얼핏 드러나는 어떤 소박한 상징이 아닌가 하는 생각을 했다. 마을들이 그만큼 아름다웠다. 노오란 유채밭들, 그물을 깁는 사내들, 아이들의 싱싱한 사투리들, 옛이야기처럼 출렁이는 작은 파도들, 파도 위에 얹힌 고깃배들, 빛이 바랜 슬레이트 지붕까지…… . 그런 모든 일상적인 풍경들이 내게 포근한 느낌을 주었다. 그때 그가 내 곁에 다가왔다. 그는 마을의 모든 풍경들을 예사롭지 않은 풍경으로 바꾸어놓았다. 마을들은 그의 품 안에 안기면서 더욱 포근해졌고 바다는 한결 잔잔해졌다. 나는 내 앞의 길들이 분명한 이유도 없이 어느 순간 사라지는 모습을 보았다. 나그네가 길 위에서 길을 잃음은 생각할 수 없는 일이다. 그런데도 나는 그 길의 상실을 조금은 행복한 눈으로 지켜보았다. 나는 그와 함께 길을 걸었으며 어느 순간 그의 발자국 소리에 섞여 풍경의 한 부분이 되었다.

언젠가 이 길 위에서 다시 그를 만나리라. 오래 기다렸던 그 꿈이 지금 이루어지고 있는 것이다. 나는 그와 함께 나란히 길을 걸었다. 길은 아스팔트 길에서 작은 숲길로 바뀌어졌다. 숲길에는 몇 개의 동백꽃 송이들이 떨어져있다. 십 년 지났어. 나를 기억하겠니? 기억하고말고. 그때 네가 읽어준 시도 생각나는데⋯⋯.

> 산 아래 한 줄기 길이 있어라
> 끝없는 봄빛 눈앞에 환한데
> 산 그림자 속 흰꽃 붉은꽃 피어있네
> 걷고 또 걸으면서 하늘도 보고 땅도 보네
>
> ─함허, 「길 위에서」 전문

그 시는 함허(涵虛) 선사의 시였다. 「길 위에서」라는 제목의 이 시를 나는 가끔씩 길 위에서 만난 뜻밖의 동무들에게 읽어주곤 했는데, 그는 그 시를 지금껏 기억하고 있었다. 함허. 허무에 푹 젖어 든다는 선사의 이름이 시보다도 훨씬 가슴에 닿아왔던 시절의 일이었다.

사실 나는 공룡 같은 거대한 파충류에 대해서 관심이 없었다. 그런데도 안내판에 이곳의 바다 한쪽을 공룡들의 무도회장이라 표현한 것은 흥미로웠다. 해안에는 여기저기 공룡들의 발자국이 찍혀있었다. 어떤 발자국은 둥그렇고 어떤 발자국은 망가진 별 모양을 하고 있었다.

그 바닷가에서 나는 또 하나의 동행을 만나게 되었다. 그와는, 정확히 표현하자면 그녀와는 당연히 초면이었다. 그녀는 노란 우산을 들고 있었다. 노란빛이 수묵 빛깔의 바다색과 잘 어울렸다. 나의 첫 동행은 그녀의 우산 위에 작은 새의 발자국 같은 여러 개의 흔적들을 남겼다. 나는 그녀에게 물었다. 공룡들의 무도회장이 어디지요? 그녀는 피식 웃었다. 그녀는 나를 여러 개의 지층들이 서로 어긋나고 빗갈린, 동굴의 틈새를 지나 한쪽 해안으로 데려갔다. 그곳에는 훨씬 많은 공룡들의 발자국들이 선명하게 바위 위에 찍혀있었다. 그녀는 공룡들에 대해서 많은 것을 알고 있었다. 공룡들의 종류와 공룡들이 살았던 시대, 그 시절의 양치식물들에 대해서.

비 오는 날 공룡들의 발자국을 따라 걸으면 마음이 편안해져요. 그녀의 마지막 말은 공룡들이 살았던 시간과는 별개의 것이었다. 나는 그 말에 긴장했다. 사람들이 서로 싸우고, 욕망에 불타고, 애증과 갖은 번뇌로 시달릴 때 공룡들이 살았던 1억 년 전의 세계를 생각해보지요. 그땐 이 지상에 인간의 흔적이라는 것은 없었어요. 당연히 욕심도, 욕망도, 고통도 없었지요. 지금부터 1억 년 후의 세상을 생각해봐요. 그때도 아마 똑같을 것입니다. 이 지상의 바닷가 어디에도 인간의 삶의 흔적은 남아있지 않겠지요. 모르겠어요. 어떤 인간들의 어떤 순간들은 지금의 공룡 발자국처럼 화석으로 남아있을 수도 있겠지요. 나는 그녀의 말을 경청했다.

나의 첫 동행은 우산이 없는 내 어깨를 충분히 적셔놓았다. 시를 쓰고, 음악을 듣고, 포도를 가꾸며 살아가는 것, 그러다가 세상을 떠나는 것, 그것이 무슨 의미일까. 사랑하고 헤어지고 병들고 아파하고……. 그런 시간들은 도대체 무슨 의미일까. 빛과 희망, 꿈, 무지개……. 우리가 아름답다고 믿어온 모든 의미들조차 대기의 한 질료에 불과한 것인가. 오랫동안 나는 그 바닷가를 서성거렸다.

갯바람 속에 스민 삶에 대한 그리움

해남 송지 어란포구

낯선 길 위에 서서 이정표를 바라
보고 섰노라면 유독 나그네의 귀소본능을 자극하는 지명들이
있다. 13번 국도를 따라 해남 길을 달리다 813번 지방도로를 바
꿔 타고 바다 쪽으로 10킬로미터쯤을 더 나아가면 닿는 송지면
의 '어란'이 그런 곳이다. 문득 '생선 알집'을 떠오르게 하는 이
작은 포구의 갯바람 속에 서면, 특히나 그 시간이 저물녘이어

서 포구의 불빛들이 물살 위에 따뜻한 그물들을 펼칠 시간이면 나그네는 처음 닿는 이 땅이 전혀 낯설게 느껴지지 않는다. 무릎베개를 하고 듣는 할머니의 옛이야기처럼 파도들은 밀려왔다 밀려가고 등대의 불빛이 바다 한쪽을 훤히 밝히면 나그네는 잊혀졌던 기억의 한 순간들을 생각해내고서는 깜짝 놀라기도 하고, 어둠 속에서도 끼룩끼룩 우는 바닷새의 울음소리를 들으며 담배 한 대를 맛있게 굽기도 한다. '생선 알집'이 아닌 어머니의 '알집'에 대한 그리움이 초여름의 갯바람 속에 새록새록 스며오는 것이다.

그러나 어란의 본 이름은 즉물적이다. 어머니의 '알집'이 아닌 '늘어진 난초 형상[於蘭]'인 것이다. 삶의 근원적인 그리움 쪽에서 보자면 이 이름은 좀 서먹하다.

"춘풍 세우에 슬슬 감기는 난초 형상이 얼마나 보기 좋아. 가만히 앉아있어도 묵(먹)을 것을 다 가져다준다는 말뜻이여."

"마을 전체가 한 촉의 난초 형상으로 생겼어. 한 잎은 매실부락 쪽으로 구부러지고 다른 한 잎은 고암 쪽으로 휘어졌지. 그 두 잎 사이에 솟아난 꽃대 같은 것이 바로 어란 마을이여. 그러니까 어란은 난초의 꽃봉오리인 셈이지."

바닷바람을 맞고 있던 동네 노인 두 분이 마을 이름에 대한 유래를 설명해준다. 어머니의 '알집'에 대한 그리움은 다소 훼

296

손되었다 치더라도 난초 꽃대를 닮았다는 노인들의 말에 작은 호감이 간다. 더더구나 가만히 앉아있어도 절로 묵을 것이 다 생긴다면……. 마을의 꿈으로 이보다 더 근사한 꿈은 없었을 것이다.

그러나 어란은 역사적으로 살기에 편한 땅만은 아니었다. 특히 왜구의 침탈이 심했던 조선 중기 이후부터는 더욱 그랬다. 임진 왜란의 전초전 격인 명종 10년(1555년)의 달량진 사변 같은 때에 는 이곳 남서 해안의 주민들과 병마의 우두머리까지 몰살당하는 참변을 겪어야 했다. 그 참변 속에서 사람들은 '난초의 꽃'을 꿈 꾸었고 '절로 오는 밥'을 꿈꾸었는지 모른다.

포구에는 작은 다방이 하나 있다. 농어촌의 한 귀에 자리한 고 만고만한 다방들이 '티켓 다방'이라고 원성을 사고 있는 것도 사 실이지만 갯마을 사람들이라고 바닷일이 끝난 뒤에 커피 한잔 마시지 말라는 법은 없을 것이다. 사실 겨울날 힘든 갯일이 끝나 고 선창에 자리한 찻집에서 뱃사람들이 난로 불빛에 언 손을 녹 이며 불빛을 쬐는 모습만큼 보기 좋은 풍경은 없다.

"대한민국에서 제일 가난한 마을이었제. 전답은 없고 바다만 덜렁 찼는데 어떻게 살았는지조차 모를 정도로 가난했제. 시방? 먹고사는 데는 문제없어."

커피를 마시던 한 주민이 얘기했다. 갯마을 다방의 커피향보다도 그가 사용하는 사투리의 어감이 더 싱싱하다. 어란 사람들의 전답은 그들이 '만호 바다'라고 부르는 마을 앞바다다. 80년대 초까지 그들은 이곳 바다와 제주바다 사이에 형성된 삼치 어장을 따라다니며 삶을 꾸렸고 80년대 중간부터는 해태 양식으로 삶을 꾸렸다. 그 옛날 이곳 바다를 지켰던 수군 만호들의 공적비가 선창 앞 민가의 집 앞에 늘어서있다.

어란 사람들은 음력 정월 초하루에 산신제를 지낸다. 산신제는 황혼제로서 해 질 무렵 시작하여 닭울음 울 적이면 끝난다. 마을의 평안과 풍어, 이웃 간의 친목을 기원한다. 산신제의 제주(祭主)는 그해의 생기 복덕을 봐서 가장 길한 사람으로 삼는다. 제주로 적합한 이가 없으면 스님을 돈사 제주로 삼는다. 목욕재계한 마을의 전 호주들이 당할머니에게 소지를 올리고 절 두 차례씩을 바치면 첫 닭울음이 운다. 그러나 산신제의 제문이 따로 없다는 것은 아쉬움이었다.

어란의 당집은 바로 마을 뒷산에 있었다. 솔숲이 제법 우거져 마을에서는 이곳의 당집이 눈에 띄지 않는다. 노인정의 촌로들과 함께 당집에 올라갈 때 특히 아낙들의 다짐이 심했다. 지난밤에 색시를 보듬었거나 개고기를 먹었다면 절대 올라가서는 안 된다는 것이었다. 두 칸 팔작지붕으로 올려진 당집에 대한 촌로들의 경외심은 대단했는데 일제 때는 일본 사람들조차 이곳에서 공을

들였다고 했다. 나그네는 그 경외심을 오늘의 어란을 있게 한 풍속의 거울로 이해했다.

그곳에서 이용호 할아버지로부터 어란팔경(於蘭八景) 이야기를 듣는 것은 이곳 바다에 죽 이어진 삶의 흔적들을 그대로 듣는 것 같아 고즈넉하다.

"어릴 적 서당 선생님으로부터 들었지. 노송무학(老松舞鶴), 잠두어적(蠶頭魚笛), 양포귀범(羊浦歸帆), 평사낙안(平沙落雁), 매봉초월(梅峯初月), 화개청람(華盖靑嵐), 고암양파(鼓岩揚波), 달마모종(達磨暮鍾)이 팔경인데 노송무학의 노송은 사라호 태풍 때 죽고 말았어."

손끝으로 지명을 가리키며 설명하는 노인의 모습이 아름답다. 나그네는 없어진 노송무학 대신 '어옹찬향(漁翁讚鄕)'의 네 글자를 새겨 넣어본다.

이곳 사람들이 '목넘이'라고 부르는 언덕을 넘어서면 곧장 해안선이 펼쳐진다. 초여름의 갯바람 속에 펼쳐지는 작고 아름다운 모래사장. 언덕 위에서 보면 꼭 2백 자 원고지 한 장만 한 그 모래사장 또한 어란의 또 다른 느낌 '어머니의 알집'을 연상시킨다. 가만히 모래사장 위에 누우니 한 천 년쯤 묵은 소라고둥처럼 마음이 편안해진다.

추사의 친구였던 자하 신위(1769~1847년)는 일찍이 '시를 지으

려고 종이와 붓을 찾음은 어리석은 일. 시냇가 모래밭에다 손으로 쓰기에 너무 좋으니'라고 얘기했거니와 십 년 전 나그네 역시 처음 이 바닷가에 닿았을 적 한 편의 시를 이곳 모래사장에 새겼다.

바람처럼 이곳 바다에 섰네
어깨 너머로 본 삶은 늘 어둡고 막막하여
쓸쓸한 한 마리 뿔고둥처럼
세상의 개펄에서 포복했었네
사랑이여, 정신 없는 갯병처럼
한 죽음이 또 한 죽음을 불러일으키고
더러는 바라볼 슬픔마저 차라리 아득하여
조용히 웃네
봄가뭄 속에 별 하나 뜨고
별 속에 바람 하나 불고
산수유 꽃망울 황토 언덕을 절며 적시느니.

—「어란진에서」 전문

굄진한 삶에 대한 그리움, 어머니의 알집에 대한 따뜻한 그리움 들이 갯바람 속에 스멀스멀 배어 나왔다. 선창에는 통학선을

타고 이웃 섬마을로 돌아가는 송지 중학교와 고등학교 아이들의
웃음소리 싱그럽고.

섬에서 보낸 엽서

나트륨등 몇이 주황색의 빛을 뿌리는 선창에 서있습니다. 해가 진 뒤, 완벽한 어둠이 찾아오기 직전의 시각, 바다가 아주 신비한 푸른빛으로 빛날 때가 있습니다. 이 시간은 아주 짧아서 경험 많은 뱃사람이라 할지라도 평생 모르고 지나치는 경우가 많지요.

오래전, 처음 그 푸른빛을 보게 되었을 때 바다의 신에게 물었지요. 당신의 나라에 축제가 있나요? 그는 빙긋이 웃었습니다. 형제여, 그대의 나라에서는 술렁이며 빛나는 시간들을 모두 축제라 부르는가? 그렇지 않은 시간들도 있습니다. 한 가지만 내게 얘기해주게. 그렇지 않은 시간 말이야. 어느 순간 내 영혼이 아주 맑고 따뜻해져서 노래를 부르게 될 때가 있지요. 시 쓰는 일을 말함인가? 참으로 신비했습니다. 그는 이미 시 쓰는 일을 알고 있었지요. 시 쓰는 일로 치자면 우린 아주 오랜 역사를 지니고 있지……. 파도들의 역사를 이름인가요? 형제여, 그대 또한 이미 알고 있군. 그러나 모든 설레는 것들의 노래가 축제의 의미를 담고 있는 것은 아니지. 진정한 축제의 시간이란 온몸으로 자신을 느끼는 시간을 이름이지. 온몸으로 자신을 느끼는 시간……. 그의 말을 들으며 왠지 행복해졌습니다.

오랫동안 그 신비한 푸른빛의 저녁 바다에 대해 생각했지요. 어느 순간 그 푸른빛을 볼 적마다 그가 지금 시를 쓰려 하는군. 바닷속의 한 어두운 책상 위에 등 하나를 켜려는 거지…… 하곤 생각했지요.

나는 바다의 신이 그 자신의 영혼을 따뜻하게 적실 시를 쓰기 바랐습니다. 그 순간이 모든 시 쓰는 자들의 영혼이 가장 설레는 축제의 시간이라는 것을 알고 있으니까요. 그렇지 않나요? 주름살 많은 얼굴이 참 편해 보이던 당신.

푸른빛의 어둠을 뚫고 배 한 척이 다가옵니다. 나는 천천히 그 배에 오릅니다. 얼굴을 알지 못하는 몇몇의 사람들과 함께……. 그들과 나 사이에도 푸른빛의 어둠이 흘러 지나갑니다. 날개가 없는 시간들, 언덕이 없는 꽃들, 바람이 없는 춤들……. 배에 오르는 순간 내 마음이 잠깐 술렁였습니다. 선실에 켜진 희미하고 낡은 등 때문이었지요. 어디선가 그 등을 본 것 같았습니다. 안녕, 너도 시를 쓰니? 배는 천천히 바다를 향해 나아갑니다. 배는 많이 낡았습니다. 군데군데 페인트칠이 벗겨지고 디젤 기름 냄새가 자욱합니다. 이 신비한 푸른빛의 시간 속에서는 덜 연소된 기름 냄새조차도 포근하게 느껴지는군요. 뱃머리 쪽으로 나아가다 잠시 걸음을 멈춥니다. 작은 선실 벽에 배의 이름이 적혀있습니다. '해신.' 너무 놀란 나는 하마터면 뒤로 넘어져 바다에 빠질 뻔했습니다. 이 우아한 해후라니요.

오랜만에 보는군요. 늘 당신 생각을 했지요. 당신이 바닷속 깊은 어딘가에서 아주 근사한 시를 쓰고 있을 거란 생각을 했지요. 아주 깊은 바다 어딘가에 당신이 시를 써서 읽어주는 신비하고 아름다운 극장이 있을 거라 생각했지요. 가끔은 그 극장에 가고도 싶었답니다. 건강하게 잘 지냈나요? 온몸으로 자신을 느끼는 시간, 축제, 꿈, 기억, 방랑……. 당신이 일러준 삶의 비밀 하나로 나뭇잎 같은 내 인생이 가끔은 파도처럼 술렁이는 꿈을 지니기도 했지요.

짧은 항해 끝에 낡은 배는 한 섬에 닿습니다. 바다 위의 신비한 푸른빛은 이미 사라지고 없습니다. 나는 천천히 선창의 끝으로 걸어갑니다. 그곳에 키 작은 가로등 하나가 서있습니다. 오래전, 이 가로등 기둥에 등을 대고 앉아 하룻밤을 새운 적이 있습니다. 밤새 파도소리를 들으며 별을 보았지요.

306

당신, 한뎃잠을 자본 기억이 있나요? 바닷속 어느 나라에도 너무 춥고 쓸쓸해서 단 한 시각 잠들지 못하고 이리저리 떠도는 늙은 해파리 같은 영혼들이 있나요? 한때 한뎃잠을 자본 영혼만이 인생의 쓸쓸함에 대해 얘기할 수 있다고 생각했지요. 수없이 많은 한뎃잠을 잔 뒤에야 별처럼 맑은 영혼의 노래를 부를 수 있다 생각했지요. 혹독하게 추운 한뎃잠을 잔 뒤에야 인생의 허름한 욕망들을 훨훨 날려 보낼 수 있다 생각했지요.

그날처럼 가로등 기둥에 등을 대고 앉습니다. 문득 깜깜한 바다 한가운데서 희미하게 떠오르는 불빛 하나가 보입니다. 그 불빛은 내가 앉은 가로등 밑동까지 천천히 다가옵니다. 작은 배 위에 한 노인이 등불을 들고 서있습니다. 그가 내게 삿대를 내밉니다. 나는 주저하지 않고 그의 배 위에 오릅니다. 세월이 가고 다시 세월이 오고, 그 속에서 밥을 먹고 시를 쓰고 파도소리를 듣고, 그러다가 그 길목 어디에서 우연히 시의 신을 만나 함께 배 위에 오를 수 있음은 또 얼마나 아름다운 일일까요.

세월이 오고 다시 세월이 가고, 천형인 그 시간들을 운명처럼 바람처럼 따뜻하게 껴안는 축제들의 시간들이 파도처럼 밀려오고……

2002년 가을

곽재구

곽재구의 포구기행

초판 1쇄 2002년 10월 9일
제2판 1쇄 2003년 4월 3일
제3판 1쇄 2018년 12월 24일
제3판 3쇄 2023년 5월 20일

지은이 | 곽재구
펴낸이 | 송영석

주간 | 이혜진
기획편집 | 박신애 · 최예은 · 박강민 · 조아혜
디자인 | 박윤정 · 유보람
마케팅 | 김유종 · 한승민
관리 | 송우석 · 전지연 · 채경민

펴낸곳 | (株)해냄출판사
등록번호 | 제10-229호
등록일자 | 1988년 5월 11일(설립일자 | 1983년 6월 24일)

04042 서울시 마포구 잔다리로 30 해냄빌딩 5 · 6층
대표전화 | 326-1600 **팩스** | 326-1624
홈페이지 | www.hainaim.com

ISBN 978-89-6574-673-7